행복한 아이들
시몬과 누라처럼

매일 신나는 모험처럼 살아가는 시몬과 누라 이야기

글 지은경
사진 세바스티안 슈티제

Je moet zuinig zijn voor het milieu je moet met de fiets rijden en
soms met de auto ik wens dat de wereld niet kapot gaat. -Simon

환경을 아끼고 사랑해야 해요. 그리고 절약해야 해요. 그래서 되도록이면 자전거를 더 많이 타야만 해요.
할 수 없이 자동차를 타야 할 때도 있겠지만요. 이 세상이 망가지지 않기를 바라는 마음이에요.
-시몬의 메시지

Studio
Globo
mondiaal en intercultureel leren

MARIA
INTER

प्रवेश - निषिद्ध
NO ENTRY

▶

2009년 봄, 디자이너 취재를 위해 벨기에를 방문한 적이 있습니다. 인터뷰를 마치고 벨기에 친구들로부터 함께 카누 캠핑을 떠나지 않겠냐는 제안을 받았습니다. 수영도 제대로 못하는데 깊은 강으로 노를 저어 간다니 생각만 해도 아찔한 일이었지요. 하지만 친구들은 깊은 강으로는 가지 않을 거라며 나를 안심시켰고, 결국 내 인생에서 생소하기 그지없는 카누 모험을 떠나게 되었습니다.

함께 떠난 일행 중에 쿤라드와 트뤼스가 있었습니다. 그리고 그들의 아들딸인 시몬과 누라를 처음 만나게 되었지요. 누런 피부의 동양인 얼굴이 신기했던지 아이들은 내 얼굴을 뚫어져라 쳐다보았습니다. 그리고 겁에 질린 내 손을 잡고는 물가로 안내하더군요.

시몬이 스케치북을 꺼내 얼기설기 그린 돛단배 그림 한 장을 보여주었습니다. 그러고는 부드러운 네덜란드 억양으로 이렇게 말했지요.

"오늘 숲 속에서 가랑잎이랑 나뭇가지들을 주워 모아 이 돛단배를 만들 거예요. 같이 만들어볼래요?"

새침데기 누라는 숲 속 어딘가로 사라지더니 작은 손 가득 개똥벌레와 장수풍뎅이를 잡아와 내게 내밀었습니다.

말 한마디 통하지 않던 한국에서 온 나는 그렇게 처음 만난 벨기에의 아이들 시몬과 누라와 친구가 되었습니다. 아이들과 나 사이에 필요했던 것은 심오한 대화를 나눌 수 있는 언어도, 오랜 시간 알아온 낯익음의 편안함도 아니었습니다. 무궁무진한 호기심과 해맑은 웃음, 장난기 어린 눈빛 그리고 신기한 보물로 가득한 대자연의 숲 속이면 충분했습니다.

어떻게 어린아이들과 이토록 쉽게 친해질 수 있었을까요? 행복에 겨워 서로를 부둥켜 끌어안고 자연스럽게 장난을 칠 수 있었을까요? 시몬과 누라를 만날 때마다 달라지는 내 모습에 나조차 놀라지 않을 수 없었습니다. 시몬과 누라의 삶에 대해 알아갈수록 감동과 행복이 밀려와 마음이 점점 더 따뜻해졌습니다. 그리고 우리나라의 아이들이 떠올랐습니다.

우리나라 부모들은 아이들에게 특별한 것을 선사하기 위해 늘 고민합니다. 하지만 안타깝게도 그 고민이 '교육'으로만 귀결되는 것 같습니다. 자연을 벗 삼는 교육이 아닌 학교, 학원, 과외수업을 통한 교육으로요. 그래서인지 해맑기만 해야 할 아이들의 얼굴에서 알 수 없는 근심이 가득한 어른의 얼굴을 보게 될 때가 있습니다. 하지만 인생에서 가장 아름다운, 그 찰나의 소중한 순간들은 그렇게 흘러가서는 안 됩니다.

피카소는 모든 어린이들은 자기만의 그림을 그릴 수 있는 재능을 이미 가지고 있으며, 훌륭한 예술가로 성장하기 위해서는 어릴 적의 감성을 그저 순수하게 이어가기만 하면 된다고 말했습니다.

어쩌면 우리 어른들이 할 일은 아이들이 가진 무한한 가능성들을 지켜주고 올바로 키워나갈 수 있도록 도와주는 일에 불과할지 모릅니다. 커다란 세상 앞에서 주눅 들지 않도록 든든한 버팀목이 되어주고, 줄 수 있는 최대한의 사랑을 주는 것. 그리고 아이들 스스로 좋은 선택을 할 수 있도록 도와주는 것. 그것만이 전부일 수 있습니다.

유럽의 작은 나라 벨기에의 행복한 아이들, 시몬과 누라. 사실 시몬과 누라가 그리 특별한 삶을 사는 것은 아닙니다. 그저 온 가족이 행복이라는 목표를 향해 열심히 나아가고 있을 뿐입니다. 특별함이란 남들보다 월등하거나 특이한 것이 아니라 진심을 다해, 열정적으로, 최대한 재미있게 삶을 살아가려는 자세에 있으니까요. 시몬과 누라 그리고 아빠 엄마인 쿤라드와 트뤼스에게 그 자세를 배웁니다.

시몬과 누라와 함께 보낸 1년 동안 '행복'이란 단어를 손으로 만지고, 귀로 듣고, 품에 안을 수 있었습니다. 이 책을 읽는 여러분에게도 그 생생한 행복이 그대로 전해지기를 바랍니다. 그리고 아이들의 행복을 바라는 어른들에게 작은 깨달음과 큰 즐거움을 안겨주기를 간절히 바랍니다.

벨기에 겐트에서
지은경

contents

Chapter 1 가족의 탄생

아이들을 위한 가장 크고 확실한 가르침은 무엇일까? 아이들은 자신도 모르는 사이에 사랑하는 사람의 거울이 되어간다. 그리고 아름다움을 투영하는 거울로 자라날 수 있게 해주는 가장 중요한 요소는 바로 행복한 가족이다. 행복한 가족은 아이들에게 자신감을 불어넣어 준다. 어떠한 고난과 역경을 겪는다 해도 행복한 가족이 든든한 버팀목이 되어주기 때문이다. 이러한 자신감은 아이들이 언제나, 어떤 일에서든 스스로 생각하고 결정할 수 있도록 해준다.

여기, 행복한 아이들 시몬과 누라 남매의 가족 이야기를 소개한다. 아홉 살 시몬 코피 뮐라르트와 여섯 살 누라 비다 뮐라르트는 벨기에 교육의 도시 겐트에 살고 있다. 아빠 쿤라드 뮐라르트는 생물학 교수이고 엄마 트뤼스 로즈는 사회복지사이다. 이들은 아이들과 함께 여행을 하며 모험을 즐기고 흙에서 뒹굴며 살아왔다. 행복한 웃음이 끊이지 않는 시몬과 누라 가족. 이들이 펼치는 모험의 세계로 함께 떠나보자.

시몬과 누라

벨기에는 아이들이 태어나면 탄생카드를 만들어 친구와 지인들에게 보내는 풍습이 있다. 카드에는 한 생명이 세상에 나왔음을 알리며 사람들의 축복을 바라는 메시지와 함께 아이의 대모代母와 대부代父의 이름이 적혀 있고, 아이를 상징하는 그림이 그려져 있다.

시몬의 카드에는 알록달록한 그림들이 콜라주되어 시몬이라는 이름을 형성하고

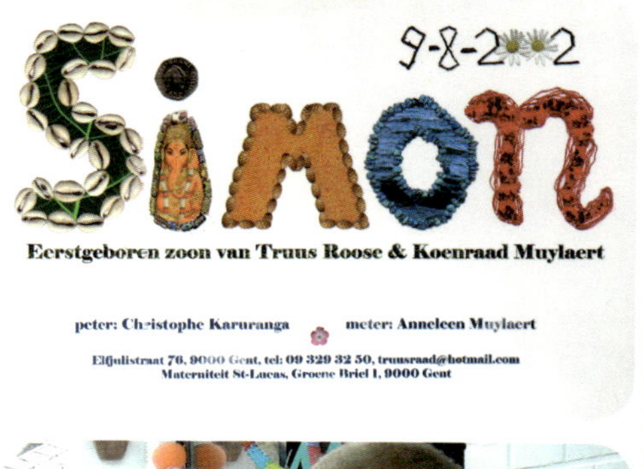

있다. 트뤼스와 쿤라드는 인도와 아프리카를 여행하던 중 가나에 도착했을 때 시몬을 임신했다. 탄생카드에는 가나에서 사용하는 동전 사진도 들어 있다. 시몬의 두 번째 이름 코피Kofi는 가나어로 금요일을 뜻한다.

누라의 탄생카드에는 이름이 아랍문자로 쓰여 있다. 누라는 아랍 여자아이의 이름이기 때문이다. 누라의 두 번째 이름 비다Vidda는 노르웨이어로 고원을 뜻한다. 트뤼스와 쿤라드가 노르웨이를 여행할 때 누라를 임신했기 때문이다. 트뤼스와 쿤라드는 시몬과 누라가 생겨날 당시 그 아이들이 이 세상의 어디에 있었는지 정확히 기억하고, 또 두고두고 아이들에게 말해주고 싶었다.

2002년 8월 9일, 사내아이 시몬이 태어났다. 터질 듯한 통통한 볼에 동그란 얼굴과 토끼 같은 눈을 하고 세상에 나왔다. 시몬은 온 집안의 귀염둥이 노릇을 하며 사랑을 독차지했다. 지금은 통통하던 모습은 사라지고 아름다운 소년이 되어 있다.

시몬은 누구에게나 다정다감하며 친절하다. 감성적이고 남들에게 도움을 주는 것을 즐긴다. 자신보다 어린 아이들을 보호할 줄 알며 늘 부드럽게 미소 짓는다. 책 읽기를 싫어하고 산수를 좋아한다. 또 플레이모빌을 좋아하고 고장난 물건을 고치거나 아빠와 나무 작업하기를 좋아한다.

아빠와 엄마는 시몬이 어릴 적부터 자연에서 펼칠 수 있는 여러 가지 스포츠 활동들을 가르쳐왔다. 아빠 쿤라드는 갓난아기 시몬을 등에 업고 유럽의 높은 산들을 올랐다. 그래서인지 시몬은 유난히 스포츠에 재능이 있다. 지금은 얼마 전 생일선물로 받은 스케이트보드의 매력에 흠뻑 빠져 있다.

시몬은 여자아이들과도 잘 어울리는데 같은 반의 세 명의 여자아이가 시몬을 짝사랑한다. 그녀들은 매일같이 좋아하는 마음을 표현하는 이메일을 시몬에게 보내온다. 시몬이 받는 이메일은 엄마와 아빠가 받는 양보다도 훨씬 많다. 한번은 시몬이 받은 이메일을 읽고 트뤼스가 깜짝 놀란 적이 있다. "시몬, 나는 너한테 입을 맞추고 싶어서 미칠 지경이야"라고 쓰여 있었기 때문이다. 시몬은 놀란 엄마에게 이렇게 말했다. "전 아직 어린걸요."

3년 후인 2005년 3월 11일, 이번엔 여자아이가 세상의 문을 힘차게 두드렸다. 둘째 누라가 태어난 것이다. 시몬은 여동생이 생긴 것이 무척 자랑스러웠다. 시몬은 작고 귀여운 누라를 항상 쓰다듬고 뽀뽀하며 보살펴주었다. 그렇게 둘은 세상에 둘도 없는 단짝 친구가 되었다.

누라는 호기심이 많고 한번 마음 먹은 일은 꼭 해야만 하는 강한 고집의 소유자이다. 왕성한 식욕을 타고났으며 흙에서 뒹굴며 옷이 더러워지는 것을 겁내지 않는다. 겉모습은 여린 여자아이지만 오빠인 시몬보다도 씩씩한 성격을 가지고 있다.

새침데기이지만 언제나 해맑게 웃고 사람들과 장난치기를 좋아한다. 또 옷장 정리, 집 안 청소하기를 좋아하고 선생님 놀이와 인형놀이를 좋아한다. 춤추기, 예쁜 옷 입기, 공주 놀이하기도 누라가 좋아하는 것이다. 스페인 플라멩코 댄서들을 보고 황홀경에 빠진 누라는 엄마를 졸라 플라멩코 드레스와 구두를 사고야 말았다. 누라는 거대한 프릴이 달린 이 빨간 드레스를 너무도 좋아해 며칠씩 입고 있을 때도 있다.

누라는 학교에서 가르쳐준 노래를 부르며 엄마 아빠와 친구들 앞에

서 엉덩이를 흔들고 춤을 추기도 한다. "I like Coffees and I like Teas, Boys like me and I like Boys!"

혼자서도 잘 노는 독립적인 사고를 가진 누라는 도움을 주려 하는 부모님이나 어른들에게 이렇게 말한다. "난 뭐든지 잘할 수 있다고요. 혼자 하게 내버려두세요."

뚱보 고양이 리키 입양

시몬과 누라네 새로운 가족이 생겼다. 평소 여행을 많이 하는 시몬과 누라 가족은
애완동물을 키우지 않기로 했었다. 하지만 동물을 너무나 좋아하는 시몬과 누라를
위해 작은 고양이를 한 마리 입양했다. 고양이의 이름은 리키. 손안에 감싸일 정도
로 자그마했던 새끼 고양이 리키는 식성이 좋아 금세 토실토실해졌고 지금은 뚱보
고양이가 되었다.

리키는 유난히 독립심이 강한 고양이이다. 혼자만의 시간을 즐기고, 하루 대부분을 정원 구석구석을 탐험하며 보낸다. 한번은 어디선가 벼룩을 잔뜩 옮겨와 아빠와 엄마는 한동안 온몸을 긁적거리며 벼룩 퇴치 작전에 돌입해야만 했다. 하지만 온종일 고양이를 안고 주무르는 시몬과 누라는 아무 문제 없었다. 참 이상한 일이었다. 그리고 독립적인 리키도 시몬과 누라에게는 왜 그런지 너무도 다정다감하다. 시몬과 누라 옆에 있을 때면 리키는 고양이가 아닌 강아지 같다.

즐거운 우리집

시몬과 누라가 가장 좋아하는 장소는 그 어느 곳도 아닌 집이다. 아빠와 엄마가 집을 놀이터로 만들어놓았기 때문이다. 처음 이 집에 이사 왔을 때 부엌 뒷문으로 긴 야외 통로가 나 있었다. 아빠와 엄마는 이 볼품없는 긴 통로를 아이들을 위한 모험의 장소로 탈바꿈시켰다.

　좁은 통로에는 갖가지 꽃과 나무들이 빼곡하게 심겨져 있다. 마치 끝없이 펼쳐지

는 마술통로 같은 느낌이다. 나무들 사이사이로는 작은 연못들이 자리 잡고 있는데 그 안에는 개구리와 올챙이, 금붕어 들이 헤엄을 친다.

아빠는 정원에 오두막집을 짓고 나무 위에 작은 캠프도 설치했다. 시몬은 학교에서 돌아오자마자 아빠가 지어준 캠프와 오두막집으로 달려간다. 특히 사다리를 타고 올라가 미끄럼틀로 내려오는 캠프는 친구들이 가장 부러워하는 시몬의 보물 1호이다. 시몬과 누라의 정원에서는 항상 아이들의 웃음소리가 들려온다.

누라는 친구인 알리스와 함께 그림 그리기를 좋아한다. 아빠가 오두막집을 짓고 남은 자투리 나무토막, 바닷가에서 주워온 조약돌과 조가비, 뒤뜰의 담장 등 주변

에서 발견할 수 있는 모든 사물들과 심지어는 자신의 팔과 다리까지 누라에게는 훌륭한 도화지이다. 엄마가 정원에 심어놓은 나무에서 꽃이 피려면 아직 한참을 기다려야 하기에 누라는 여러 가지 화려한 색상을 섞어 담벼락에 어여쁜 꽃들을 그려넣었다.

아빠 쿤라드는 오랜 시간을 들여 집 안의 구석구석을 직접 설계하고 시공했다. 물론 온 가족이 동참하여 아빠를 도왔다. 아프리카 말리의 흙집을 연상시키듯 집 내부 벽에는 흙이 발려 있다. 시몬과 누라의 집은 가족들이 함께한 추억과 스토리들로 가득하다. 그중에서도 특히 빼놓을 수 없는 공간이 하나 있다. 바로 장작을 지피는 벽난로. 그 앞은 온 가족이 빙 둘러앉아 한가로운 저녁 시간을 보내는 곳으로 언제나 화목한 분위기가 주변을 감싼다. 따뜻하고 포근한 아빠의 무릎은 늘 누라의 차지이다.

우리 아빠는 요리사

시몬과 누라의 집 주방 책꽂이에는 수많은 나라의 신기한 요리책들이 가득하다. 모두 다양한 요리를 시도해보고 맛보려는 미식가 아빠의 컬렉션이다. 쿤라드의 요리는 친구들 사이에서도 인기가 높다. 친구들과 지인들을 초대해 일류 레스토랑이 부럽지 않을 만큼 고급스럽고 다양한 요리를 대접한다. 요리사 아빠를 둔 덕에 시몬과 누라는 전 세계의 다양한 음식들을 맛볼 수 있다. 조리법과 갖가지 양념의 맛을 통해 타국의 정서나 분위기를 상상해볼 수도 있다. 아이들은 종종 요리하는 아빠 옆에서 야채를 다듬거나 테이블 세팅을 하는 등 도우미의 역할을 훌륭하게 수행한다.

Geronimo Stilton
HET GEHEIM VAN KERSTMIS
Arthur staat terug

행복한 얼굴로 내일 아침에 만나요

아이들을 최대한 자유로운 분위기에서 키우는 것이 쿤라드와 트뤼스의 교육 방침이 지만 몇 가지 엄격하게 지키는 것들이 있다. 그중 하나가 아이들의 취침 시간이다.

저녁식사를 마치고 가족들과 시간을 보내거나 텔레비전을 시청한 후 시몬과 누라는 곧바로 잠자리로 향한다. 시몬과 누라의 취침 시간은 저녁 7시 반. 가끔은 텔레비전 프로그램이나 다른 유혹들로 인해 취침 시간을 늦춰달라고 애원해보지만, 방학 기간을 제외하고는 단 하루의 예외도 허용되지 않는다. 그 대신 잠자리에 드는 시간도 즐거울 수 있도록 아빠와 엄마가 하루씩 번갈아가며 책을 읽어주거나 신기한 이야기들을 들려준다.

일찍 잠드는 것은 아이들의 성장발육에 매우 중요한 역할을 한다. 잠자는 동안 성장호르몬 분비가 촉진되는 것은 물론 두뇌 성장과 뇌세포 발달이 활발히 이루어지기 때문이다.

행여나 취침 시간을 놓치면 아이들은 늦게까지 잠을 이루지 못하거나 피곤에 지쳐 짜증스러운 마음으로 잠자리에 들게 된다. 그래서 아빠와 엄마는 아이들이 즐거운 마음으로 하루를 정리하며 잠자리에 들 수 있도록 항상 노력한다. 그러면 다음 날 아침 행복한 시몬과 누라의 얼굴을 만날 수 있기 때문이다.

| Chapter 2 | 아빠와 엄마의
사랑 이야기 |

시몬과 누라의 아빠 쿤라드와 엄마 트뤼스는 열다섯 살 때 자연보호 연구캠프에서 처음 만났다. 두 사람은 만나자마자 친한 친구가 되었다. 처음 만났을 당시 쿤라드는 트뤼스보다 키가 훨씬 작았지만 커다란 손을 가지고 있었다. 머리숱도 지금보다 훨씬 많았다. 변성기에 접어든 쿤라드의 목소리를 듣는 것이 트뤼스는 재미있었다. 쿤라드는 항상 친구들과 장난치고 웃기를 좋아했다. 그렇게 두 사람의 만남이 시작되었다.

우정에서 시작한 사랑

열다섯 살에 처음 만나 친한 친구로 지내던 쿤라드와 트뤼스는 열여섯 살이 되던 해, 가슴 뛰는 연애라는 것을 처음 시작했다. 아직 이메일이 없을 때라 예쁜 손글씨의 러브레터로 사랑을 키워갔다. 쿤라드가 일주일에 한 번씩 트뤼스에게 보냈던 편지에는 사랑하는 감정에 대한 느낌들이 빼곡하게 들어 있었다. 트뤼스는 쿤라드의 편지를 기다리는 것이 가장 행복한 일이었다.

유행하던 팝송을 정성스럽게 녹음한 카세트테이프도 주고받았다. 쿤라드가 녹음해준 커스티 맥콜의 음악을 들으며 트뤼스는 수줍은 사랑의 감정에 설레는 나날들

을 보냈다. 트뤼스는 쿤라드에게 모든 것을 이야기할 수 있었다. 자신의 꿈과 비밀, 고민 등을 단 한 사람, 쿤라드와 공유했다.

쿤라드와 트뤼스는 숲을 찾아다니며 생태보호 활동에 참가했다. 한번은 트뤼스가 숲에서 일을 하던 중 발을 잘못 디뎌 웅덩이에 빠지고 말았다. 그때 쿤라드가 나타나 트뤼스에게 손을 내밀고 웅덩이에서 꺼내주었다. 열여섯 살, 아직은 어린 나이였지만 두 사람은 자연이라는 거대하고 따뜻한 무대에 감싸여 로맨틱한 사랑을 시작할 수 있었다.

쿤라드와 트뤼스는 대학도 생물학과로 함께 진학했다. 하지만 생물학에 끝없는 열정을 느꼈던 쿤라드와는 달리 트뤼스는 좀더 다른 것들을 만나보고 싶어 했다.

잠시 헤어지는 시간을 갖게 된 두 사람은 각자 자신의 길을 걸으며 혼자만의 삶에 충실했다. 다른 사람과 사귀어보기도 하고, 다른 부류의 친구들을 만나보기도 했다. 하지만 늘 서로를 그리워했다. 사람들과 어울려 즐거운 시간을 보내다가도 문득 서로가 떠오를 때면 마음 한구석이 텅 빈 것처럼 먹먹해왔다. 그 빈 공간은 그 무엇으로도 채워지지 않았다.

1년 후 트뤼스는 사회복지사가 되는 공부를 시작했고 쿤라드는 생물학 전공을 이어나갔다. 그리고 우연한 기회에 다시 만난 두 사람은 서로에 대한 사랑을 확인하고 행복해했다. 우선 함께 지낼 집을 구하고 인생을 함께 설계해나가기로 했다. 그리고 두 사람은 지금까지 서로 사랑하는 사이로 남아 있다.

쿤라드와 트뤼스의 멋진 삶

다시 만난 두 사람은 끊임없이 즐거운 시간들을 이어나갔다. 자전거와 트레킹으로 가나, 노르웨이, 말리, 히말라야, 인도 등을 여행하며 마음껏 모험을 즐겼다. 두 사람의 여행에는 항상 자연이라는 멋진 친구가 함께했다. 아프리카의 무더운 날씨 속에서 태고의 신비가 느껴지는 풍경들과 사람들의 모습을 보았고, 드높은 히말라야의 고원과 산맥에서 자연과 더불어 살아가는 순박한 사람들, 이방인을 즐겁게 반기

던 초롱초롱한 눈빛의 아이들도 만났다.

누군가 사랑을 하는 것은 산을 오르는 것과 같다고 했다. 산을 오르기 시작하면 아름다운 풍경과 새소리, 신선한 공기에 기쁨을 느끼지만 올라갈수록 힘들고 피곤해진다. 오르면서 왜 이 고생을 하려고 올라왔을까 후회하기 시작한다. 그리고 몇 번씩이나 내려갈까를 고민해본다. 너무도 힘에 겨운 나머지 주위의 아름다운 풍경들은 눈에 들어오지도 않는다. 그러나 동반자와 함께 믿음을 가지고 오르면 산은 아무에게나 보여주지 않는 진정 아름다운 자태를 정상에 오른 자에게 끝내 드러낸다. 산의 정상에서 그 아름다운 자태를 감상하는 일은 그 어떤 말과 그림으로도 표현할 수 없을 것이다.

쿤라드와 트뤼스는 그런 산들을 함께 오르며 사랑이라는 감정에 대해 좀 더 인내심을 가질 수 있었을까? 그 드라마틱한 자연을 함께했던 사람과의 끈끈한 정이 지금껏 두 사람을 함께하게 만든 것일까? 지금 쿤라드와 트뤼스의 사랑은 산의 어디쯤에 도달해 있을까?

한 가지 확실한 것은 쿤라드와 트뤼스는 좋은 친구라는 것이다. 여행에서는 듬직한 길동무이고 일상생활에서는 서로를 아끼고 사랑하는 연인이다. 오지 여행을 통해 수많은 이야기와 사건들을 공유한 두 사람. 서로를 향한 둘의 마음은 이 세상 그 무엇보다 강해 보인다. 그리고 그 여행들은 쿤라드와 트뤼스에게 시몬과 누라를 선물해주었다.

쿤라드는 자신의 감정을 쉽게 이야기하는 성격이 아니다. 하지만 그는 이 세상의 많은 것들에 매료되어 있다. 따라서 절대로 지루해하는 법이 없다. 모험을 좋아하고 활동적이며 새로운 세계의 새로운 문화를 알고 싶어 하고 서로 다른 생각들을 듣고 이해하고 싶어 한다.

조용한 성격이지만 친구들과 이야기하며 즐거운 시간을 보내는 걸 즐기며 나무 작업이나 집 안 공사, 요리하기를 좋아한다. 과학과 역사에 관한 책 읽기를 좋아하고, 학회 참석차 외국에 나갈 때면 일주일 정도 시간을 내서 그 나라의 산과 강, 바다로 여행을 떠나고는 한다. 가장 최근에는 학회 참석차 일본에 갔다가 후지 산에 올랐었다.

"항상 누구도 가보지 않은 길을 찾아 떠난다."

이것이 쿤라드 인생의 가장 큰 슬로건이다.

트뤼스 역시 모험을 즐긴다. 물과 나무가 있는 곳이면 그곳이 어디든 그녀의 가슴은 콩닥콩닥 뛴다. 트뤼스의 친구들은 그녀에 대해 항상 기분 좋은 사람이라고 말한다. 실제로 그녀는 늘 웃는 얼굴이다. 인상을 쓰는 일은 거의 없다. 성격상 남과 다투기를 좋아하지 않고, 스트레스가 많이 쌓이는 상황에서도 마음의 평온함을 찾으려 노력한다.

"지금 살아 숨 쉬는 이 순간을 기뻐하자."

이것이 트뤼스의 인생 슬로건이다. 헛된 걱정으로 낭비하기엔 인생은 너무 짧고 아름다우며 또 연약하기 때문이다.

그녀는 인생의 매 순간 숨어 있는 즐거움을 인식하고 만끽하려 노력한다. 혼자서 책을 읽을 때에도, 아이들과 함께 시간을 보내고, 친구들과 파티를 열어 춤을 추고 노래를 부를 때에도, 출근길 기차 안에서 만난 낯선 이와의 대화 속에서도 기쁨을 발견할 수 있다. 일을 할 때도, 자연 속에 파묻혀 풀잎을 스치는 바람소리를 들을 때에도 그녀의 삶은 언제나 기쁨으로 충만해 있다.

아빠와 엄마, 결혼하다

시몬과 누라가 태어나고 두 사람의 관계는 또 다른 길로 접어들었다. 연인에서 진정한 가족이 된 것이다.

벨기에는 유난히 혼인율이 낮은 나라이다. 사랑하는 사람과의 관계에서 결혼서약서는 귀찮은 형식에 불과하다는 사고가 사회 전반적인 분위기로 작용하기 때문이다. 쿤라드와 트뤼스도 예외는 아니었다. 10년 넘게 동거하며 시몬과 누라를 낳고, 시몬이 일곱 살이 될 때까지도 결혼을 해야 할 필요성을 느끼지 못했다.

그런 두 사람이 드디어 결혼식을 올렸다. 결혼한 가정은 아이들 교육비와 세금 등에서 경제적 이득을 많이 볼 수 있기 때문이다. 또한 서로를 충분히 이해하고, 가족 안에서 영원한 행복을 찾을 수 있을 거라는 확신도 결혼에 대한 결심을 굳히는 중요한 이유 중 하나였다.

벨기에의 결혼식은 우리나라의 결혼식과는 매우 다르다. 신랑과 신부는 혼수라는 것을 따로 장만하지 않는다. 필요한 물건들만을 구입하고, 결혼식에 참석한 지인들 또한 축의금 대신 신랑 신부에게 필요한 물건을 선물한다. 신부 마사지나 거창한 신혼여행도 없고 비싼 웨딩드레스를 격식 차려 갖춰 입는 일도 매우 드물다.

결혼식도 너무나 간단해 시청에 가서 시장이 보는 앞에서 맹세를 하고 결혼서약

서에 서명만 하면 된다. 전통을 따르거나 가톨릭 신자의 경우에만 교회에서 또 한 번의 결혼식을 올린다. 그 외에는 가장 가까운 지인들만 초대해 단출하고 즐겁게 결혼식을 치른다.

2009년 8월 14일, 쿤라드와 트뤼스는 가족과 친한 친구들을 초대해 시청에서 간소하게 결혼식을 올렸다. 이날의 주인공 트뤼스는 결혼식 며칠 전에 구입한 면 소재의 깨끗한 화이트 여름 원피스를 입고 하얀 꽃을 머리에 꽂았다. 신랑인 쿤라드는 자신이 가장 아끼는 연보라색 꽃무늬 장식이 들어간 드레스 셔츠를 차려 입었다. 시몬은 하얀 튜닉을 입었고 누라는 연보라색 린넨 드레스에 파란색 반짝이가 붙은 구두를 신었다. 항상 흙에서 뒹구는 시몬과 누라지만 이날만큼은 깔끔한 차림

으로 등장해 아빠 엄마의 결혼식 내내 의젓한 모습을 보여주었다.

시몬과 누라는 이날 신랑과 신부의 들러리이자 혼인서약의 증인 역할을 했다. 벨기에의 전통에 따르면 신랑과 신부는 영원한 사랑에 대한 맹세의 의미로 비둘기를 함께 날린다. 최소한의 형식을 갖춘 결혼식이었기에 쿤라드와 트뤼스는 살아 있는 비둘기 대신 슈퍼마켓에서 판매하는 식용 산비둘기를 준비하는 코믹한 장면을 연출하기도 했다.

그날 시몬과 누라네 집에서는 파티가 열렸다. 그리고 결혼식에 가지고 갔던 이벤트용 식용 비둘기는 바비큐 그릴에 얹어졌다.

모두가 행복한 하루였다. 아빠와 엄마의 결혼식을 축하해주는 아들과 딸 시몬과 누라. 그리고 행복해하는 네 식구. 어쩌면 우리에게는 낯선 풍경일지도 모르겠다.

아빠 엄마의 결혼 후 시몬과 누라 가족은 훨씬 더 안정된 삶을 찾았다. 결혼을 해야겠다는 결심을 한 계기는 순전히 경제적인 이득 때문이었지만, 막상 결혼을 하고 보니 무언가 보이지 않는 끈으로 서로가 서로에게 묶여 밀착된 것 같은 느낌이 들었다. 그리고 말로는 표현하기 힘든 행복한 감정이 매일 아침 눈을 뜰 때마다 쿤라드와 트뤼스, 시몬과 누라에게 찾아든다.

Chapter 3 　숲지기 학교

벨기에의 봄도 우리와 마찬가지로 예쁜 꽃들이 알록달록 피어나고 따사로운 햇살이 골목골목을 파고든다. 초등학교에서 들려오는 아이들의 즐거운 고함소리가 봄바람에 살랑살랑 실려온다. 하루 중 대부분의 시간을 학교에서 선생님, 친구들과 보내는 시몬과 누라는 지금 무엇을 하고 있을까? 그들의 다이내믹한 학교 드봄가르드'작은 숲'이라는 뜻의 네덜란드어에 찾아가보자.

대안학교에 다니는 시몬과 누라

벨기에의 초등교육은 점점 대안학교 시스템으로 변화하고 있는 중이다. 아이들의 자율성과 학업에 대한 의지, 호기심이 뒷받침되어야 참된 수업이 진행된다는 사고가 강하게 뿌리내리고 있는 추세이기 때문이다.

시몬과 누라의 학교는 벨기에 겐트에 위치한 드봄가르드 대안학교이다. 자연과 더불어 생활하며 다양한 모험과 경험을 바탕으로 교육을 이루려는 학교의 목표 덕분인지 이곳에서는 아이들의 웃음소리가 끊이지 않는다.

클래스는 담임교사와 최대 열두 명의 학생들로 이루어져 있다. 담임선생님은 아이들의 등하교를 꼼꼼하게 체크하며, 보호자가 아이를 찾으러 오지 않으면 그 아이와 함께 끝까지 교실에서 기다려주어야 한다. 수업 내용도 아이들의 적극적인 참여 하에 이루어진다. 따라서 선생님들은 아이들 한 명 한 명에게 관심을 기울이고, 끝없이 사랑표현을 하며 대화를 이끈다.

모든 학교는 체벌이 금지되어 있으며 학생간의 폭력도 금지되어 있다. 아이들끼리 싸움이 벌어지면 반 친구들이 모두 모여 무엇이 문제이고 왜 그런 일이 일어났는지를 논의한다.

각 교실의 분위기는 제각기 다른 개성을 지니고 있다. 아이들이 직접 만든 공작물들이 여기저기 전시되어 있으며 장난감들과 어린이용 실험도구들, 여행에서 생긴 화석과 동물의 뼈 그리고 다량의 어린이 도서가 가득해 생생한 교육의 현장임을 확연하게 느낄 수 있다.

사랑스러운 교실

시몬은 드봄가르드 초등학교 4학년, 누라는 1학년이다. 드봄가르드 학교의 시간표
는 매우 유동적이다. 국어나 산수 같은 과목 대신 말하기, 그리기, 듣기, 숫자, 동물
친구들 등 어린이들의 호기심을 자극할 수 있는 내용들로 구성되어 있다. 또한 글
자 대신 그림으로 그려져 있어 과목에 대한 아이들의 접근이 수월하다. 이는 아이
들이 학습을 한다기보다는 생활에서 궁금한 점을 풀어가는 재미있는 과정으로 공
부와 수업을 받아들여 자연스럽게 학습의 길로 들어서게 하기 위함이다.

아이들은 학교에 오면 어제 하교 후에 있었던 일들, 예를 들어 마당에서 예쁜 조약돌을 주웠다거나 집에 외국인 친구가 찾아왔던 일 등을 발표한다. 그 발표 내용에서 학습 요소를 끌어내어 지식을 전달하는 것은 교사의 몫이다. 시간표 옆 보드에 입술이 그려진 카드가 부착되어 있으면 누군가 이야기를 하고 싶은 것이다. 아이들의 이러한 사인을 교사는 바로 수업에 접목시킨다.

아이들은 일상에서 일어나는 일들을 친구들과 함께 나누고, 의문점이 생기는 일을 공유해서 풀어나가는 방식의 수업을 통해 더욱 피부에 와 닿는 학습효과를 올릴 수 있다. 또한 자신의 재능을 빨리 발견하여 이른 나이부터 자신의 꿈을 향해 매진할 수도 있다. 생활 속에서 이루어지는 발견을 통해 아이들 스스로 학습의 필요

성을 느끼므로 공부하라는 잔소리가 사실상 필요치 않게 된다.

각 학급에는 아이들의 생활을 한눈에 볼 수 있는 노트가 마련되어 있다. 아이들은 자신이 좋아하는 색깔의 종이를 뜯어 붙이고 일기나 그림, 느낀 점들을 생각날 때마다 메모하고 그리며 흰 종이들을 차곡차곡 채워나간다.

캠핑 갔을 때 구한 재료들로 공작하기를 좋아하는 시몬은 교실 곳곳에 자신의 작품들을 전시해놓았다. 지난 스페인 여행에서 발견한 동물의 두개골도 교실 한편에 전시되어 있다. 멋진 모험가이자 친절하고 매너 좋은 시몬은 여자아이들에게도 인기가 많다.

누라의 교실에서는 지난번 숲 속 탐험에서 가지고 온 나무 조각들을 모아 나무의 종류와 쓰임새에 대해 공부하며 토론하는 수업이 한창이다.

“물푸레나무는 화려한 무늬가 진하게 들어 있어요. 단단하고 견고해서 테이블을 만들 때 자주 사용하지요.”

또 창밖에 아름답게 피어 있는 목련을 감상하며 느낀 점들을 서로 공유한다.

“학교에는 보라색 목련이 피는데 우리집 마당에는 하얀색 목련이 가득 피었어요. 꼭 하얀 새들이 나무 위에 가득 앉아 있는 것 같아요.”

그렇게 계절에 대한 이야기에서 시작해서 봄에 피는 꽃들에 대한 이야기로 내용이 확장된다. 꼬리에 꼬리를 무는 이야기들 속에서 아이들은 지루해할 틈이 없다. 그저 모든 것이 신기하고 놀라울 뿐이다.

한 과목이 끝나면 책상에 앉아 복습하는 대신 학생들이 배역을 맡아 연극을 하기도 한다. 공부가 재미있는 놀이라는 사고방식을 어릴 적부터 교육시키는 것은 학교의 주요 방침 중 하나이다. 담임선생님은 학부모들과 자주 대화하며 아이들이 학교에서 어떻게 생활하고 학업 성과는 어떠한지 등을 공유한다.

활기 가득한 운동장

드봄가르드 학교의 운동장은 꼭꼭 숨어 있다. 교문에 들어서자마자 마주하게 되는 우리나라의 학교 운동장과는 달리 외부인의 출입이 전면 통제되는 벨기에의 학교 운동장은 'ㅁ'자로 설계된 건물의 중앙에 위치해 있다. 따라서 아이들은 안전하고 자유로운 분위기 속에서 마음껏 뛰어놀 수 있다.

학교 운동장은 여러 가지 놀이기구가 있고, 아이들 솜씨의 벽화들이 잔뜩 그려져 있다. 시몬은 벽 타기를 하거나 운동장 한가운데서 자전거를 탄다. 누라는 여느 여자아이들과 마찬가지로 미끄럼틀을 타거나 친구들과 손을 잡고 빙글빙글 돌며 뛰어논다. 아이들이 운동장에서 마음껏 뛰어놀 동안 교사가 한 명씩 교대로 아이들을 주시하기 때문에 안전사고를 예방할 수 있다.

다채로운 현장학습

학교에서의 학습과 놀이 외에도 드봄가르드 학교는 다채로운 특별활동 클래스를 운영하고 있다. 숲으로 산책 가기, 카약과 카누 수업, 수영과 마라톤 등 다양한 스포츠와 자연과의 교감을 통해 아이들의 신체와 정신을 건강하게 단련시킨다. 아이들은 50미터 자유형을 완주하여 메달을 받기도 하고, 카약 수업에서 보트 뒤집기 방면에 두각을 나타내면 칭찬을 받기도 한다.

숲으로, 산으로, 강으로 떠나는 체험학습은 자연의 위대함을 일깨우며 자연을 슬기롭게 이용하여 공존할 수 있는 방법을 배우게 한다. 이렇게 자라난 아이들은 물질만능주의 세상에서 어떠한 어려움이 닥쳐와도, 또 아무 가진 것이 없더라도 절대 좌절하거나 초라해지지 않을 것이다. 진정한 행복이 무엇인지를 어린 시절의 삶에서 이미 깨우쳤기 때문이다.

스스로 배우기

취재를 위해 시몬과 누라의 학교를 찾아갔을 때 아이들은 호기심 어린 눈빛으로 나를 쳐다보았다. 곧이어 아이들의 순수한 질문들이 쏟아져 나왔다.

"한국은 어디에 있는 나라인가요?" "한국의 어린이들은 어떤 음식을 먹나요?" "한국의 산에는 어떤 동물들이 살고 있나요?" "한국에서는 어린이들을 때리나요?" "옆으로 눈이 찢어져 아프지는 않나요?" 등등. 그중 한 아이가 이렇게 말했다. "한국에 꼭 한번 가보고 싶어요." 그 말에 마음이 따뜻해져왔다.

아이들은 또 한국에서 쓰는 언어에 대해 물었다. 내가 한글의 자음과 모음을 써주자 탄성이 터져나왔다.

"너무 예뻐요! 꼭 도형 나라에 온 것 같아요!"

아이들은 앞다퉈 자기 이름을 한글로 써달라고 했다. 나는 아이들 열두 명의 이름을 차례차례 또박또박 써나가기 시작했다. 칠판 가득 한글로 이름이 채워지자 아이들은 한동안 넋을 놓고 칠판을 바라보았다. 그중 한 아이가 이렇게 말했다.

"시몬이랑 나탈리에 'ㄴ'자가 공통으로 들어가네요. 혹시 자음인 ㄴ은 우리 알파벳의 N을 뜻하는 건가요?"

그 질문을 듣자 왠지 모를 감동이 밀려왔다.

아이들은 스스로 느끼고 스스로 학습한다. 아이들 마음속에 얼마나 많은 호기심이 있느냐에 따라 학업 성과는 다르게 나타날 것이다. 그리고 아이들에게 삶에 대한 끝없는 호기심을 심어주는 역할은 학교와 부모의 몫이다.

삶이 행복하다고 느끼는 아이들, 인생은 신기한 것들과 모험으로 가득하다고 생각하는 아이들, 세상은 따뜻한 사랑과 우정이 넘쳐나는 멋진 곳이라고 믿는 아이들.

이것 말고 또 무엇을 바랄 수 있을까.

Présage

Chapter 4 · 카누 모험

어느덧 산과 들에 예쁜 꽃들과 풀들이 뒤덮였다. 무르익은 봄은 가끔씩 초여름의 향긋한 냄새를 바람으로 실어온다. 그럴 때면 가슴이 설레어온다. 마음껏 밖에서 뛰어놀 수 있는 계절이 다가오기 때문이다. 따뜻하고 화창한 날씨와 알록달록한 색채의 자연이 시몬과 누라를 들뜨게 한다. 시몬과 누라 가족은 친구인 루이자와 알리스 가족과 함께 1박 2일 동안 숲 속으로 카누 캠핑을 떠났다. 벨기에의 아름다운 숲에서 펼쳐지는 신나는 모험을 함께 따라가보자.

시몬의 첫 카누

시몬은 갓난아기 때부터 카누를 타기 시작했다. 쿤라드와 트뤼스는 아기인 시몬을 데리고 바다로 강으로 모험을 떠났다. 어쩌면 시몬은 카누 안에서 삶을 시작했다 해도 과언이 아닐 것이다. 그렇게 카누에 익숙했던 어린 시몬은 심지어 대야 안에서 목욕을 하다가도 카누의 노를 저었다. 그리고 이제 시몬에게 카누는 없어서는 안 될 삶의 한 부분이 되었다. 학교 미술시간에도 시몬은 항상 카누를 그리거나 만

든다. 시몬이 수수깡을 이용해 만든 작품인 '카누 캠핑'에는 카누와 시몬의 가족 그리고 가족이 함께 잠을 자는 텐트도 들어 있다.

누라 역시 카누를 좋아한다. 누라는 카누 여행을 떠날 때마다 카누를 타는 가족의 모습, 숲에서 만나는 동물들과 나무들을 스케치한다. 아직 어린 누라는 시몬처럼 능숙한 솜씨는 아니지만 오빠가 하는 일이면 무엇이든 따라 해보려는 마음에 노를 저어본다. 언젠가는 카누를 타고 노를 저어 혼자서 멀리멀리 떠나볼 수 있을 것이다.

세무아 강의 봄

커다란 카누에는 엄마와 아빠, 시몬과 누라가 모두 들어갈 수 있다. 시몬과 누라 가족은 카누를 차 지붕 위에 꽁꽁 동여매고 이틀 동안 먹을 식량과 텐트 등을 꾸려 이른 아침 벨기에의 남쪽 도시 부이용에 있는 세무아 강을 향해 집을 나섰다.

벨기에의 부이용 지방은 꼬불꼬불하게 펼쳐진 강줄기와 아름다운 숲으로 유명하다. 굽어진 강줄기를 따라가면 아름답게 드러나는 자연의 색을 감상할 수 있다. 강의 깊이는 1미터가 채 안 되어 어린아이들에게도 위험하지 않고 물길을 따라 배를

타고 유유히 흘러가기만 하면 된다. 코너를 돌면 신기한 지형의 계곡이 나오고 또 다른 코너로 접어들면 울창한 전나무 숲이 나온다.

햇살이 동동 떠 있는 물줄기 위로 시몬과 누라를 태운 카누가 부드럽게 미끄러진다. 가끔씩은 거센 물줄기가 나와 배가 흔들리기도 하고 또 가끔씩은 카누를 막는 돌멩이들이나 바위들이 없는지 물속을 자세히 들여다봐야 한다.

물속으로는 물고기 떼가 지나가고 물 위에서는 고니 가족들을 만난다. 다른 생명체들을 만나는 일은 아무리 봐도 질리지 않는다. 다르게 생겨서 다른 환경에서 살아간다는 것이 시몬과 누라에게는 그저 신기하고 경이로울 뿐이다.

5월과 6월의 고니들은 새끼들을 탄생시키므로 매우 예민해져 있다. 그래서 가끔 지나치는 카누들을 향해 돌진해오기도 한다. 그때 겁을 먹거나 허둥대면 물에 빠지기 십상이다. 그 대신 노를 이용해 돌진하는 고니들에게 겁을 줄 수는 있다. 하지만 그런 경우만 아니라면 자연 속에 파묻혀 한가한 오후를 평화롭게 지내는 고니 가족들을 그냥 조용히 지나가기만 하면 된다.

세무아 강 안에는 물풀들이 잔뜩 자라 있다. 5월이면 하얀 꽃들이 피어나는데 카누를 타고 그 사이를 지나는 것은 여간 힘든 일이 아니다. 하얀 꽃들과 물풀 줄기들이 뱃길을 가로막기 때문이다. 아빠와 엄마는 땀을 뻘뻘 흘리며 풀숲 안에 갇힌 카누를 빼내기 위해 노를 젓는다. 하지만 시몬과 누라는 꽃에 둘러싸여 마냥 행복하기만 하다.

숲에서 캠핑하기

서너 시간 정도 카누를 타고 가다가 중간 기점에서 하룻밤을 보낼 캠핑 장소를 물색한다. 시몬과 누라 가족이 선택한 캠핑 장소는 카누를 대기에 좋은 낮은 지대의 평평한 땅으로 아름드리 나무들로 둘러싸여 있는 곳이다. 이곳에 내려 먼저 카누를 튼튼한 나무에 묶어놓는다. 그래야만 밤새 물살에 휩쓸려가지 않는다.

카누에 싣고 온 짐들을 모두 내리고 엄마들은 텐트를 친다. 아빠들은 젖은 옷가지를 나무에 걸고 주변의 돌멩이들과 나뭇가지들을 모아 모닥불을 지피기 시작한다. 모닥불은 추운 숲 속의 밤을 따뜻하게 데워주고 음식을 만들 수 있게 해준다. 아이들은 아빠들이 모닥불을 피우는 동안 잔가지들을 계속해서 모아온다.

벨기에 대부분의 숲에서는 취사가 금지되어 있지만 불을 피우는 방법과 캠핑 방법에 대해 교육받은 사람들은 지정된 몇몇 장소에서 캠핑을 할 수 있다. 불을 피우기 전에는 돌멩이들을 쌓아 올려 불을 피울 화로를 만들어야 하고, 불을 피우는 장소는 나무가 빼곡하지 않은 평평한 지대에 물가를 끼고 있어야 한다. 숲에서 함부로 불을 피우거나 나무를 자르면 숲지기들에 의해 숲에서 쫓겨나기도 한다.

아이들은 숲 속 탐험에 나선다. 숲에서 발견하는 풍뎅이와 장수하늘소들은 어린 시몬과 누라에게 무서움의 대상이 아닌 친근한 자연의 친구들이다. 운이 좋으면 도롱뇽을 만날 수도 있다. 도롱뇽을 만나면 아이들은 서로 만져보겠다며 난리가 난다. 하지만 동물을 쓰다듬고 난 다음에는 조용히 보내주어야 한다는 것을 아이들은 너무나 잘 알고 있다.

누라와 단짝 친구 알리스는 강을 건너오면서 모은 고니의 깃털들을 모두 머리에 꽂았다. 누라는 커다란 새의 깃털을 몹시 좋아한다. 누라가 지금껏 모은 깃털만 해도 수십 가지가 넘을 것이다.

시몬은 얼마 전부터 나무 타기 대장이 되었다. 아빠는 아이들을 위해 밧줄을 이용해 그네를 만들거나 잔가지들로 활을 만들어준다. 시몬에게 아빠는 항상 멋진 롤 모델이다. 숲에서 나무 모으는 법, 잔가지를 잘라 불을 피우는 법 등을 배우는 것은 늘 새로운 발견들이다.

시몬과 누라의 아빠 쿤라드는 모두가 인정하는 최고의 요리사이다. 숲 속에서도 갖가지 향신료와 야채들을 이용해 멋진 요리들을 뚝딱뚝딱 만들어내니 말이다. 허기진 배에야 무엇이든 맛있는 요리겠지만 쿤라드의 요리에는 확실히 뭔가 특별한 것이 있다. 모닥불을 중심으로 빙 둘러앉아 모두가 배불리 저녁식사를 하고 나면 어느새 날이 지고 나무들 사이로 보이는 까만 하늘엔 초롱초롱 빛나는 별이 한 가득 담겨 있다.

어둠이 주위를 온통 까맣게 감싸지만 시몬과 누라는 하나도 무섭지 않다. 사랑하는 엄마와 아빠 그리고 친구들이 바로 옆에 있기 때문이다. 오랫동안 아름답게 타오르는 모닥불을 바라보다가 모두들 텐트 안으로 들어가 잠을 잔다. 딱딱한 바닥 위에 침낭을 깔고 자지만 숲 속의 밤은 깊은 수면을 가져다준다. 텐트와 나뭇가지들을 스치고 지나는 바람소리와 부엉이 우는 소리가 들려온다.

어떤 때는 소낙비가 밤새 텐트 위를 강하게 내려치기도 한다. 그러면 아빠와 엄마는 나무 위에 널어놓았던 옷가지들을 걷어들고 카누를 뒤집어놓는다. 밤새 내린 비로 카누 안에 물이 차면 카누가 물속으로 가라앉거나 가득 고인 물을 빼내는 데 힘을 써야 하기 때문이다.

사방이 눈 깜짝할 사이에 젖어버렸다. 하지만 온 가족이 모여 잠을 청하는 텐트 안은 보송보송하고 따뜻하기만 하다. 시몬과 누라에게는 거센 빗소리도 달콤한 자장가일 뿐이다.

이슬 맺힌 이른 아침

새벽녘의 이슬이 맺히는 소리들이 잠든 아이들의 귓가로 슬금슬금 들려오기 시작한다. 이른 아침 가장 먼저 잠에서 깨어나는 이들은 바로 아이들이다. 이슬에 젖은 촉촉한 숲은 아침 햇살을 받아 영롱한 빛을 반사한다. 나무들의 향기를 밤새 머금은 신선한 공기가 콧속으로 한가득 들어온다.

시몬이 쩍- 하고 텐트 지퍼를 열고 나온다. 그 뒤로 누라도 따라 나온다. 어른들

은 아직 꿈나라를 헤매고 있는 중이다. 루이자와 알리스도 약속이라도 한 듯 반대편 텐트를 열고 밖으로 나온다.

지난밤에 미처 보지 못했던 숲의 여러 가지 세세한 모습들은 아이들에게 신기하고도 새로운 발견이다. 촉촉하게 젖은 나무와 풀들, 그 사이로 아이들이 뛰어다닌다. 새로은 모험의 하루가 시작된 것이다.

밤새 다녀간 동물들의 발자국들이 텐트 주변에 찍혀 있다. 시몬과 누라는 혼자 카누를 타보며 노를 젓는 연습을 해보기도 한다. 알리스의 아빠 행크는 키가 2미터가 넘는 거인이다. 텐트 주변 숲을 탐험하던 누라와 알리스를 한꺼번에 번쩍 안아 올리면 아이들은 까악 고함을 지르며 웃기 시작한다. 알리스의 아빠 행크와는 숲에 같이 있는 것만으로도 '마법의 숲에 사는 거인 놀이'를 실감나게 할 수 있다.

서양식 순대인 모실라와 콩, 토마토를 함께 볶아 빵과 먹고는 과일을 나누어 먹는다. 어른들은 진한 커피 한잔을 내려 마신다. 아이들은 마지막 순간까지 숲을 탐험한다. 든든한 아침식사가 끝나면 엄마들이 설거지를 한다. 가끔은 누라가 설거지를 하겠다고 자청할 때도 있다. 설거지용 세제는 자연을 훼손하지 않는 베이킹소다를 이용한다.

날이 춥지 않으면 시몬과 누라, 아빠와 엄마는 강물에서 간단한 목욕을 하기도 한다. 햇살이 따뜻하게 비춘다 해도 강물은 얼음처럼 차다. 그렇게 찬물로 몸을 씻고 나면 전날의 피곤이 싹 가시는 것 같다.

어제 풀었던 짐을 꾸려 카누에 싣고 둘째 날의 여정이 시작된다. 세무아 강의 곳곳에서는 역사적인 유적지들을 쉽게 만날 수 있다. 중세시대의 낡은 교회들과 아름다운 장식으로 가득한 공동묘지들, 옹기종기 모여 있는 집들과 캠프장을 구경하며

시몬과 누라를 태운 카누는 앞으로 쭉쭉 미끄러져 나간다. 시몬은 아빠와 엄마를 도와 함께 노를 저어보고 누라는 엎드려 물속 세상을 구경한다.

노를 젓다가 힘들면 잠시 쉬어가면 된다. 숲에 앉아 보온병에 담아온 따뜻한 차를 마시고 쿠키를 먹는다. 식사 시간 전에 허기를 달래기에 좋은 음식은 호두와 땅콩, 아몬드 같은 견과류이다. 배고픔을 잊게 해주고 식사시간까지 힘차게 노를 저어 갈 수 있는 에너지도 주기 때문이다.

마시멜로를 몰래 훔쳐 먹은 누라와 알리스는 아직도 배가 고픈지 계속 쿠키를 먹어댄다. 트뤼스는 쿠키와 초콜릿 대신 과일을 잘라준다. 하지만 역시 아이들의 입을 유혹하는 것들은 달콤한 쿠키와 사탕, 초콜릿 같은 군것질 거리들이다. 엄마가 누라에게 말한다. "단 음식을 너무 많이 먹으면 건강에 좋지 않아." 그러자 누라가 이렇게 대답한다. "하지만 통통한 엉덩이에는 좋은걸요."

따뜻한 햇살이 비추면 시몬과 누라는 항상 카누 여행을 떠난다. 한 달에 한 번 이상 주말이나 짧은 휴가를 이용해 자연을 만끽하고 돌아오면 도시에서의 피곤하고 지루한 삶도 즐겁고 활기차게 변화한다. 시몬과 누라에게 자연은 흥미진진한 모험들로 가득한 세상이자 배움터이고 친구이다. 행복한 아이들, 시몬과 누라.

PRÉSAGE

Chapter 5 루이자와 알리스네 놀러간 시몬과 누라

시몬과 누라에게는 동갑내기 단짝 친구들이 있다. 바로 루이자와 알리스 자매이다. 언니 루이자는 시몬과 동갑이고 동생 알리스는 누라와 동갑이다. 이 아이들의 부모인 엘리자베스와 행크는 트뤼스와 쿤라드와도 친구인지라 시몬과 누라, 루이자와 알리스는 갓난아기 때부터 같이 지낸 가족이다. 같은 해에 시몬과 루이자가 태어났고, 또 3년 후인 같은 해에 누라와 알리스가 태어났다. 이 네 아이들은 함께 캠핑을 떠나고 온갖 모험을 해왔다. 항상 사랑을 표현하고 깊은 우정을 간직하지만 각자의 개성이 너무나 다른 네 아이들의 세상에 들어가보자.

루이자와 알리스의 아빠는 만물박사

루이자와 알리스의 아빠 행크는 키가 2미터에 이르는 거인이다. 그는 아이들을 사랑하는 마음이 지극하며 특히 똘똘한 둘째 딸 알리스의 우상이다. 과학과 자연 분야에서 방대한 지식을 가진 행크는 아이들에게 여러 가지 새로운 것들을 가르친다.

그래서인지 루이자와 알리스는 동물 이름을 매우 잘 알고 있으며 자연에 대한 호기심도 많다. 얼마 전에는 알리스에게 숫자의 개념을 가르치기 시작했다. 알리스는

수줍음 많고 조용한 성격의 소녀지만 아빠가 들려주는 이야기와 가르쳐주는 지식에 대해서는 항상 귀를 쫑긋 세운다.

정형외과 의사인 행크는 집 옆에서 작은 병원을 운영하기 때문에 상대적으로 집에서 보내는 시간이 많은 편이다. 그래서 행크는 온 집을 혼자서 설계하고 짓기 시작했다. 그리고 지금은 친구들이 항상 몰려드는 아름다운 휴식 공간이 되었다.

아름다운 집에서 가장 눈에 띄는 곳은 행크가 직접 설계하고 가꾼 정원이다. 계절마다 다르게 피는 꽃들과 풍성한 과일 그리고 시원한 그늘을 얻을 수 있는 곳이다. 정원 한 모퉁이에는 아이들을 위한 그네가 설치되어 있고, 연못에서는 올챙이와 개구리, 잉어 들이 헤엄을 친다. 사랑하는 닭장의 닭들에게서는 매일 아침 신선한 계란도 얻는다. 갓 태어난 병아리들을 품에 안으며 아이들은 세상에서 가장 행복한 미소를 얼굴 한 가득 짓는다.

행크는 맨 꼭대기 층에 아이들을 위한 다락방을 만들었다. 지붕과 연결된 다락방을 복층으로 나누고 그 사이에 사다리를 설치했다. 아이들의 또 다른 작은 놀이터가 탄생한 것이다. 아이들은 그곳을 오르락내리락하며 방방 뛰어다닌다.

화가 엄마의 크레페 파티

루이자와 알리스의 엄마 엘리자베스는 미술학교의 선생님이다. 엄마의 재능을 물려받아서인지 아이들은 그림 그리기를 좋아한다. 친구 생일이나 크리스마스 때 루이자와 알리스는 멋진 그림들을 그려서 선물하고는 한다. 루이자는 엄마의 예술적 감성을 잘 이어받아 그림 솜씨가 훌륭하다. 석양의 붉은빛을 머금은 나무, 해맑게 웃고 있는 동그란 얼굴, 눈 내리는 작은 마을 등 루이자의 그림에는 어른들의 눈길을 사로잡는 진지한 구석이 있다. 집 안에는 루이자의 그림이 여기저기 전시되어 있다.

동생 알리스는 상상력이 풍부한 그림들을 그린다. 지난겨울 스페인에서 본 공룡 조각품을 보고 그린 그림 속에는 알리스가 상상하는 공룡시대의 모든 것이 들어 있다. 해가다 그림 솜씨가 늘자 알리스는 세상에서 발견하는 많은 것들과 추억들, 바뀌는 계절의 모습들을 그림으로 표현하려 한다.

엘리자베스는 지나친 학업보다는 말랑말랑한 그림 수업을 통해 두뇌 발달을 더욱 촉진시킬 수 있다고 믿는다. 집 안 구석구석에는 다채로운 재료와 색상으로 그려진 엄마와 아이들의 그림들이 잔뜩 걸려 있다. 또 엘리자베스는 아이들이 그림을 그리면 그 그림을 왜 그렸는지 자세히 물어보고는 한다. 가끔 아이들은 어른들이 상상하지 못한 진지한 생각과 고민들, 슬픈 사연들을 꺼내놓는다. 엘리자베스는 아이들의 그런 진실이야말로 이 세상에서 가장 큰 감동이라고 믿는다.

루이자와 알리스를 만나러 온 시몬과 누라를 위해 엘리자베스는 크레페를 직접 만들었다. 프라이팬 위에 얇게 부쳐진 크레페 위에 아이들은 설탕이나 레몬시럽, 초콜릿, 꿀 등을 얹어 먹는다. 식탐이 많은 누라는 커다란 크레페 뭉치를 한입에 가득 넣었다. 크레페 테이블 주변이 한동안 부산해지더니 곧 잠잠해졌다. 아이들이 테이블 위의 크레페를 모두 먹어치운 것이다.

동갑내기 단짝들
루이자와 알리스

루이자와 알리스는 동물들을 사랑한다. 동물에 대한 무서움도 없어 곤충, 커다란 개, 심지어는 개구리와 닭, 병아리까지도 가슴에 안고 부드럽게 쓰다듬는다. 루이자와 알리스 집에 있는 동물 친구들을 나열해보자면 고양이와 암탉들, 얼마 전 알을 깨고 나온 병아리들, 연못의 개구리와 올챙이들 그리고 거실에서 키우는 도롱뇽 등이 있다. 매일 아침 알리스는 동물 친구들을 차례로 찾아다니며 인사를 한다.

알리스와 누라는 갓난아기 때부터 많은 시간을 함께 해왔다. 서로의 마음을 나누며 비밀을 공유하는 가장 소중한 친구이다. 활발한 성격의 누라와는 달리 알리스는 말이 없는 조용한 성격이다. 그리고 매우 똘똘해 한번 듣거나 배운 것은 절대 잊어버리지 않고 친구인 누라에게 설명해준다. 극도로 활달한 성격과 센 고집 탓에 친구들을 울리기 일쑤인 말괄량이 누

라는 알리스의 말이라면 무엇이든 귀 기울이며, 알리스가 하자는 대로 따라간다.

알리스는 누라에게 자신이 아는 동물에 관한 이야기들을 끝도 없이 늘어놓는다. 언젠가 스페인의 한 마을을 지날 때였다. 그 앞에 설치된 공룡 동상을 보면서 알리스가 이렇게 말했다.

"이상하다. 아빠가 공룡들은 이미 오래전에 모두 죽었다고 했는데……. 사람들이 공룡들을 모두 박물관에 가져다놓았다고 했는데……. 저 아이는 이미 죽은 공룡일 수도 있어. 아니야, 어쩌면 아직 살아 있을지도 몰라. 그래도 확실한 건 저 공룡도 곧 죽을 거라는 거야. 이 세상은 공룡이 살기엔 부적절한 모양이거든."

알리스가 기침을 하자 엄마가 모과차를 만들어 건네주었다.

"음…… 맛있는 모과차네요. 모과로 차도 만들지만 맛있는 잼이나 마멀레이드도

만들 수 있다고 학교에서 배웠어요."

언니인 루이자는 수줍음 많은 알리스와는 달리 쾌활한 성격을 가진 소녀이다. 무엇이든 잘 먹고 엄마와 이야기하기를 좋아한다. 노래 부르고 춤추기를 좋아하며 가끔은 사내아이들처럼 짓궂은 장난을 치기도 한다. 하지만 감수성도 예민해 혼자 보내는 시간을 좋아하고 책을 읽거나 악기 연주하기를 좋아한다.

자신들과는 다른 루이자와 알리스를 보면서 시몬과 누라는 또 다른 발견의 기쁨을 누린다. 루이자와 알리스가 동물에 대해 많은 것을 알고, 악기를 잘 연주하고, 그림을 더 잘 그린다고 해서 부러워하는 것이 아니라 신기해하며 칭찬해주는 것이다. 시몬과 누라에게는 자신들만의 세상이 있고, 루이자와 알리스에게도 또 그들만의 소중한 세상이 있다는 것을 벌써부터 알고 있는 것 같다.

행복한 오후 마실

행크가 아코디언을 연주하기 시작하자 루이자가 자신의 아코디언을 꺼내 들었다. 아빠와 함께 보내는 집에서의 한가로운 오후 시간에 아이들은 악기를 연주하며 노래를 부르거나 그림을 그린다. 정원에서 뛰어노는 일도 즐거운 일상 중 하나이다.

보이 스카우트 활동에 갔다가 팔을 다친 시몬은 깁스 신세이다. 하얀 깁스 위에는 여러 사람들이 자신의 이름을 써놓았다. 요즘 시몬은 다친 팔을 무엇보다 소중히 대하고 자랑스럽게 여기는 듯하다. 동갑내기인 시몬과 루이자는 서로 좋아하는 사이이다. 매너 좋은 시몬은 새침한 루이자에게 달콤한 친절을 베풀며 카드놀이를 한다. 옆에서 알리스와 누라는 인형놀이를 하거나 그림을 그린다.

오랜만에 만난 시몬과 누라, 루이자와 알리스는 피곤한 줄 모르고 집 안과 정원을 탐험한다. 오늘은 해가 져도 서둘러 집으로 돌아가지 않아도 된다. 루이자와 알리스네 집에서 함께 잠을 잘 것이기 때문이다.

벨기에의 부모들은 돌아가며 아이들을 재워주는 품앗이 베이비시팅을 즐긴다. 어른들끼리 외출하는 날 베이비시터를 고용하지 않고 친구 집에서 재우는 것으로, 아이들이 부모의 보호 아래 친구들과 함께 밤을 보낼 수 있어서 훨씬 안심이 된다.

오늘 밤은 행크가 네 명의 아이들을 모아놓고 이 세상에서 사라지고 없는 동물들에 관한 이야기를 들려줄 것이다. 알리스는 끊임없이 질문을 퍼부을 것이고, 아이들은 행크의 이야기를 들으며 스르륵 잠에 빠져들 것이다. 그리고 꿈속에서 온갖 신기한 동물들을 만나겠지. 그렇게 친구 집에서의 즐거운 하루가 진다.

Chapter 6   여름 바다

벨기에의 날씨는 변화무쌍하다. 산뜻한 햇살이 비추다가도 어느새 드라마틱한 구름이 강한 빗줄기와 우박을 몰고 와 지붕 위에 쏟아붓는다. 그러다 또 금세 시원한 바람이 회색 구름들을 모두 쓸어가 버리면 하늘은 다시 맑은 햇살을 드리운다. 여름방학을 맞은 시몬과 누라. 아이들에게 여름은 흥미진진한 놀이와 발견의 계절이며 가족 여행의 계절이다.

벨기에의 휴가 기간은 한국인에게 부러움의 대상이라고 할 수 있다. 모든 직업을 막론하고 여름은 5주 이상의 휴가, 겨울은 2주의 공식적인 휴가가 법적으로 의무화되어 있기 때문이다. 이렇게 선물과도 같은 긴 휴가 기간에 벨기에의 가족들은 새로운 장소로 흥미진진한 모험을 떠나고는 한다. 시몬과 누라 가족도 긴 여름방학을 위해 특별한 계획을 세웠다.

뜨거워지는 태양

시몬과 누라 가족의 여름은 바닷가에서 시작된다. 벨기에의 대표적인 해변으로는 브뤼헤와 오스텐트, 네덜란드와 국경을 이루는 크노클이 있는데 시몬과 누라 가족은 이번 여름을 크노클에서 시작하기로 했다. 그곳은 브뤼헤와 오스텐트 해안에 비해 사람들이 적고 훨씬 깨끗하며 밀물과 썰물이 오고 가면서 해변의 지형이 시시각각 변해 지루하지 않기 때문이다.

여름 바닷가에서 시몬과 누라 가족이 하는 일이라고는 먹고 마시고 한숨 자고, 물놀이를 하는 것이 전부이다. 한적하고 깨끗한 해변을 찾아 터를 잡고 배를 타거나 수영을 하면서 말이다.

시몬은 해변에 도착하자마자 가

방에서 연을 꺼내 들었다. 시몬이 파란 하늘 위로 연을 날리기 시작한다. 바람과 연의 대화가 시몬의 손 안에서 느껴진다. 연이 바람을 타고 하늘 위로 떠오른다. 높이, 더 높이…….

연이 시몬의 손에서 점점 멀어져간다. 하지만 시몬은 바람이 어디로 연을 데려갈지 손바닥을 통해 감지한다. 시몬은 높이 떠오른 연을 좌우로 돌려보며 더 높이 띄운다. 이제 연은 시몬에 의해 완벽하게 길들여졌다.

이번 여름 시몬은 보드를 처음으로 혼자 시도해볼 계획이다. 시몬에게 이런 멋진 경험을 가르쳐줄 선생님은 바로 엄마와 아빠다. 누라는 해변에 가기 위해 알록달록한 사탕과 여름 드레스들을 준비했다. 보드와 스노클링을 하려면 아직 몇 년을 더 기다려야 하는 누라는 책을 통해 열심히 바닷속 세상을 공부한다.

여름 모험

무더운 여름 날씨에도 북해의 바람과 바닷물은 어쩐지 좀 서늘한 것 같다. 작은 보드를 안은 시몬은 살짝 두려운 마음과 서늘한 바람 때문에 움츠려 있었다. 그러나 잠수복을 갖춰 입고 물속으로 들어가자 자기 세상을 만난 듯 마냥 즐겁기만 하다.

보디보드에 오른 시몬은 거센 파도가 밀려오자 중심을 잃고 뒤집히고 말았다. 짠 바닷물을 잔뜩 마셨는데도 시몬은 계속 거센 파도와 씨름 중이다. 엄마는 시몬의 옆에서 함께 보드를 타며 자세와 숨 쉬는 방법 등을 설명해준다. 파도의 움직임에 익숙해진 시몬이 보드를 타고 작은 파도들을 몇 개 넘는 데 성공했다. 아빠처럼 멀

리 나가 헤엄치려면 수영을 훨씬 더 잘해야 한다. 시몬은 어서 그날이 오기만을 바라며 다시 보드를 가슴팍에 움켜쥐고 넘실거리는 파도를 하나 넘었다.

아빠에게 수영을 배워온 시몬은 이제 잔잔한 바다에서는 자연스럽게 물 위에 뜨며 헤엄을 치기 시작한다. 수영을 할 수 있게 됐다는 것은 앞으로 많은 모험이 시몬을 기다리고 있음을 의미하기도 한다. 바닷속 신기한 세상을 찾아 스쿠버다이빙을 할 수도 있고, 얕은 물가에서 스노클링을 하며 물고기들과 함께 헤엄을 칠 수도 있다.

아직 수영이 서툰 누라는 튜브를 몸에 끼고 물속으로 들어갔다. 차가운 바닷물에 놀라 크게 한번 숨을 내쉬고는 이내 물장구를 쳐댄다. 어릴 적부터 바닷가에서

수영을 해온 아이들은 바다에 대한 두려움이 크지 않은 편이다. 엄마와 아빠는 아이들이 안전하게 물놀이를 할 수 있도록 옆에서 가르치고 도와준다. 시몬은 바닷속 멋진 세상을 볼 수 있도록 스노클링을 하고 엄마와 함께 튜브를 타고 물살을 헤엄치기도 한다.

모래사장을 맨발로 걸으며 먼 바다로부터 불어오는 시원한 바람을 맞으며 시간을 흘려보낸다. 태양 아래서 한없이 나른해지는 오후. 귓가에는 시원하게 부서지는 하얀 파도 소리가 끊임없이 들려오는데 마음은 어쩐지 고요한 호수가 된 기분이다. 멀리서 아이들 웃음소리가 들려온다.

TRiBORD

바닷가 모래사장은 누라에게는 멋진 놀이 장소이다. 언제나처럼 누라는 모래사장에 터를 잡고 삽과 대야를 이용해 모래를 퍼 담기 시작했다. 젖은 모래를 동그랗게 주물러 모아둔 뒤 엄마와 아빠, 시몬에게 크레페를 팔기 시작했다. 시몬이 설탕을 잔뜩 뿌려달라고 하자 누라는 마른 모래 한 움큼을 젖은 모래 반죽 위에 뿌려주었다. 짙은 색의 젖은 모래 반죽은 크레페, 하얀색의 마른 모래 가루는 설탕과 흡사하다는 것을 발견한 누라는 지치지도 않고 놀이를 계속 한다.

바다낚시

며칠 후 시몬과 누라 가족은 프랑스 친구들인 르노와 마리를 만나러 갔다. 프랑스의 브르타뉴 지방에 사는 르노와 마리는 엄마 아빠의 친구들이다. 이들은 멋진 요트를 가지고 있는데, 매해 여름이면 배를 타고 바다로 나가 일주일 동안 배에서 생활하며 낚시도 하고 수영도 한다. 이번 해에는 시몬과 누라 가족도 요트 모험에 동참해보기로 했다.

프랑스에 도착한 시몬과 누라 가족은 며칠 동안 충분한 휴식을 가졌다. 해변에서 연을 날리거나 일광욕을 즐기고 바위 틈에서 굴도 따 먹으며 한가로운 시간을 보냈

다. 그렇게 며칠을 보낸 뒤 친구들과 함께 요트를 타고 좀 더 먼 바다로 나갔다.

바다 한가운데에서 낚시를 시작하면 1분도 채 지나지 않아 싱싱한 고등어들을 잡을 수 있다. 또 가끔은 이상하게 생긴 물고기들도 만날 수 있다. 하지만 아빠는 모든 물고기의 이름을 알고 있는 것 같다. 사나운 물고기인지, 어떻게 헤엄을 치는지 등을 시몬과 누라에게 설명해준다. 아빠 쿤라드가 해안가의 바위틈에서 성게와 굴, 조개 들을 따기 시작했다. 아무래도 오늘 저녁식사는 해산물 파티가 될 것 같다.

바다에서 오랜 시간을 머물면 계속되는 파도의 움직임에 뱃멀미를 하게 마련이다. 뱃멀미를 방지하기 위해서는 든든히 먹고 먼 수평선을 바라보는 것이 좋다. 가끔씩 섬에 배를 정박시키고 땅 위를 걸어보는 것도 좋다.

시몬과 누라는 끝없이 펼쳐진 바다를 보며 온갖 질문을 하기 시작한다. 바다는 어디까지 나 있는지, 언제쯤 끝이 나오는지 그리고 그 끝은 어떻게 생겼는지……

바다는 아이들의 천국

아이들에게 바닷가는 천국과도 같다. 처음 만나는 아이들과도 쉽게 친구가 되어 함께 놀이를 하고 모래 산을 쌓기도 한다. 시몬과 누라는 바닷가의 동그랗고 작은 조약돌 위에 물감으로 색칠을 하고 커다란 가리비 껍질들을 주워 모았다. 여름이 끝나고 새 학기에 친구들을 만나면 하나씩 나누어줄 생각이다.

시몬은 바닷가에서는 불가사리를, 캠핑장에서는 개구리를 발견했다. 정말 이 세상에는 신기한 생물이 많이 살고 있는 것 같다고 시몬은 생각한다. 아빠는 커다란 오징어를 낚았다. 아빠가 오징어를 들고 먹물이 나오는 곳을 알려주려는데 갑자기 오징어가 아빠 얼굴에 먹물을 쏘아댔다. 모두가 까르르 웃었다. 잊지 못할 여름의 추억이 하나 더 생겼다.

바닷가에는 희한한 모양을 한 미역들과 해파리들이 널려 있다. 어른들에게 해파리를 만지면 위험할 수도 있다는 것을 배웠지만 투명한 해파리의 움직임은 시몬과 누라를 항상 매료시키고는 한다.

아이들은 바닷가에서 단 한순간도 지루한 적이 없다. 수많은 놀이와 모험이 항상 시몬과 누라를 기다리고 있기 때문이다. 여름 내내 검게 그을린 시몬과 누라는 한층 더 건강해진 얼굴로 웃는다. 바닷가에서 가져온 온갖 보물들과 추억들이 아이들의 얼굴에 가득 서려 있다.

선장이 된 시몬

시몬은 커다란 배들과 잠수함이 정박해 있는 해안가로 산책을 나왔다. 커다란 배 안에는 무엇이 있을까? 그 안은 어떤 모습일까? 시몬은 궁금해지기 시작했다. 부둣가에서 배를 관찰하며 한동안 시간을 보내다 보니 만화 『탱탱의 모험』에 나오는 선장을 닮은 아저씨가 배에서 내렸다. 시몬이 아저씨에게 배 구경을 시켜달라고 부탁하자 아저씨는 흔쾌히 시몬과 아빠를 배 안으로 안내했다. 배 안에는 닻줄 매듭과 물고기 그림들이 그려져 있었다. 그 안은 시몬이 상상했던 것 이상으로 커다란 도구들과 장비들이 가득했다.

시몬은 선장이 배를 조종하듯 조타핸들을 이리저리 돌려본다. 평소에 해보고 싶었던 일이다. 영화 속에서

WEST-HIN

만 봐왔던 일들이 현실로 나타나자 시몬은 너무나 즐겁다. 언젠가는 커다란 잠수함을 조종해 거대한 바다를 누비며 여행하고 싶다고 시몬은 생각한다. 캐리비안의 해적이 되어보는 것도 나쁘지 않겠다.

시몬은 배 안에 설치된 갖가지 도구들의 이름과 역할들을 선장 아저씨에게 배웠다. 시몬이 이렇게 진지해지기는 처음인 것 같다. 아빠는 그런 시몬을 보면서 미소 짓는다.

누라는 여름 바캉스지에서 작은 물병을 하나 선물받았다. 물병 안에는 반짝거리는 눈과 함께 광대 물고기가 한 마리 들어 있다. 광대 물고기의 이름은 만화영화와 마찬가지로 니모. 누라는 니모를 들여다보며 물병을 흔들어본다. 물병을 흔들자 바닷속은 금세 황홀하게 반짝거리는 눈이 내리기 시작한다.

물병 안의 세상은 평화롭고 환상적이다. 누라는 그 안을 들여다볼 때마다 멋진 여름 바다에서의 즐거운 시간들을 떠올릴 것이다. 여름이 지나고 나면 시몬과 누라는 훌쩍 키가 커 있을까?

Chapter 7 스칸디나비아의 여름

매년 8월이면 시몬과 누라 가족과 루이자와 알리스 가족은 3주간의 긴 여행을 함께 떠난다. 2주 동안은 루이자와 알리스 가족과 함께 지내고 마지막 1주 동안은 시몬과 누라 가족끼리만 오붓한 시간을 보내고 집으로 돌아온다. 이번 여름에는 스칸디나비아의 피오르 여행을 떠나기로 했다. 북극과 조금 더 가까운 그곳은 빙하로 인해 특이하고도 깨끗한 지형과 자연으로 유명한 곳이다. 방학이 끝나면 시몬과 누라는 학교로 돌아가 스칸디나비아의 색다른 자연에 대해 끝없는 이야기보따리를 펼쳐놓을 수 있을 것이다.

이른 아침의 출발

이른 아침, 시몬과 누라의 집 부엌에서는 향기로운 커피 냄새가 진동을 한다. 시몬과 누라는 방금 아침식사를 끝냈다. 엄마와 아빠는 진한 커피를 한 잔씩 마신 후 긴 여정의 첫 단추를 채울 것이다. 아빠는 차 지붕 위에 카누를 동여맸다. 엄마는 잊은 물건이 없는지 집 안 구석구석을 확인하고 뚱보 고양이 리키를 이웃에게 건네주었다. 앞으로 3주 동안 리키는 이웃의 보살핌 아래 마당에서 홀로 외로운 시간을 보낼 것이다.

올 여름 시몬과 누라 가족이 머물 곳은 스웨덴과 노르웨이의 피오르 해안가와 숲이다. 벨기에서 네덜란드를 거쳐 덴마크로 진입하면 8킬로미터 길이의 긴 다리를 만난다. 이 다리는 덴마크와 스웨덴 사이의 건축물로 바다 위에 설계되어 스칸디나비아 지방과 다른 유럽 지방을 잇는 중요한 구조물 역할을 하고 있다.

순록의 땅으로

스웨덴 숲에 도착한 시몬과 누라, 루이자와 알리스 가족은 캠핑할 장소를 물색 중이다. 시몬과 누라 가족이 선택한 장소는 강가 옆에 위치한 아름드리 소나무가 가득한 숲이다.

스칸디나비아 지방은 순록으로 유명하다. 어디서든 순록을 만날 수 있고 순록들은 사람들을 무서워하지 않는다. 동네 상점에서 순록 털가죽을 쉽게 구입할 수도

있다. 시몬과 누라 가족은 스칸디나비아의 서늘한 여름밤을 따뜻하게 해줄 순록 털 가죽을 몇 장 구입했다. 막내인 누라와 알리스는 작은 양털 가죽을 선물받고 무척 기뻐했다. 여름 내내 누라는 양털 가죽을 안고 잤다.

숲으로 진입하기 위해 차를 몰던 아빠가 갑자기 속도를 늦췄다. 순록 한 마리가 길의 중앙을 장악하며 느린 걸음으로 전진하고 있었기 때문이다. 느릿느릿 걷는 순록은 만사 태평해 보였다. 시몬과 누라는 그런 순록의 배짱이 마음에 들었는지 차에서 내려 순록을 만져보려 했다. 하지만 아빠가 순록 뒷발차기의 위력을 과장해서 설명하자 차에서 내리겠다는 성화는 이내 사라졌다.

어른들이 텐트를 설치하는 동안 아이들은 숲 속 탐색전에 나섰다. 루이자와 알리스의 아빠 행크는 아이들이 숲에서 더 많은 것들을 배우고 탐험해볼 수 있도록 작은 책을 한 권 가져왔다. 책에는 숲에서 만나는 동물들의 발자국과 흔적들이 그림으로 그려져 있는데, 그 책을 보자 아이들은 너도나도 동물의 흔적을 찾겠다며 흥분하기 시작했다. 커다란 버섯과 순록 발자국, 신기한 잎사귀들이 가득한 숲. 아이들은 그 안에서 한없는 자유를 만끽한다.

반면에 어른들은 텐트를 설치하고 불을 피우는 동안 숲 속의 사나운 모기들과 한 판 사투를 벌여야 했다. 결국 쿤라드는 얼굴에 망사를 칭칭 감고 요리를 해야 했다. 시장한 배를 달랜 다음 엄마와 아빠는 책을 읽거나 강가에서 낚시를 하거나 낮잠을 잤다. 고요한 오후, 따사로운 햇빛을 받는 아름다운 숲. 강가에서 수영을 하려 했지만 강물은 정신이 번쩍 들 정도로 차다. 그렇게 스칸디나비아의 첫날이 저문다.

숲 속의 버섯놀이

스칸디나비아 지방의 고요한 숲에서는 깨끗한 대피소들을 쉽게 만날 수 있다. 누군가 설치해놓은 작은 오두막 칸막이는 갑자기 찾아온 거센 빗줄기로부터 여행자들을 보듬어준다. 대피소 안에는 불을 지필 수 있는 장작도 준비되어 있다. 장작을 사용한 후 대피소를 떠나기 전에 다음 사용자들을 위해 자신이 쓴 만큼의 장작을 채워넣으면 된다. 그건 스칸디나비아를 여행하는 사람들간의 무언의 약속이며 예의이다.

쿤라드는 불을 지피고 소낙비에 젖은 옷가지들을 불 가까이 널어 말렸다. 트뤼스는 간단한 수프를 준비했다. 피곤한 여정에서 따뜻한 수프는 커다란 기쁨이다.

허기와 추위가 가시자 아이들은 또다시 숲 속을 방방 뛰어다니기 시작했다. 조용한 휴식을 취하고 싶었던 어른들은 한 가지 꾀를 내었다. 아이들에게 버섯 콩쿠르를 제안한 것이다. 아이들은 숲 속에 숨어서 버섯이 된다. 그리고 누가 가장 버섯 흉내를 잘 내는지 경연대회를 벌인다.

아이들은 어른들의 그런 꾀를 눈치 채지 못한 채 풀숲에서 버섯처럼 조용히 웅크리고 숨어 있다. 또 우산을 펴고 그 안에 웅크리고 앉아 버섯 모양을 흉내 내기도 한다. 덕분에 어른들은 숲의 고요한 오후를 만끽할 수 있었다.

백야

시몬과 누라, 루이자와 알리스 가족은 카누를 타고 스웨덴과 노르웨이 국경지대에 있는 베만 강에 이르렀다. 밤 11시가 넘어도 숲 속의 밤은 어두워질 줄을 모른다. 12시가 넘고 새벽이 되어도 하늘은 계속해서 밝은 빛을 반사한다. 아빠는 시몬과 누라에게 백야 현상에 대해 설명해주지만 아이들에게 대낮처럼 밝은 밤은 마법사의 신비로운 마법처럼 느껴질 뿐이다.

휘황찬란한 하늘을 바라보며 시몬과 누라는 다른 곳을 여행하고 있을 반 친구들

PRÉSAGE

을 생각했다. '이곳에서 이 광경을 친구들과 함께 볼 수 있다면, 함께 이 밤을 뛰어
놀 수 있다면 얼마나 좋을까?'

　3일 후 시몬과 누라 가족은 노르웨이의 로프스달렌으로 출발했다. 또다시 비가
주룩주룩 내리기 시작했다. 로프스달렌의 숲에서는 곰을 쉽게 만날 수 있다고 한
다. 시몬과 누라는 곰을 만날 생각에 잔뜩 기대했지만 곰은 끝내 나타나지 않았다.
대낮처럼 밝은 백야 때문에 곰들이 사람들을 쉽게 인식할 수 있어서일 것이다.

　노르웨이 숲의 첫 밤이다. 언제나처럼 멋진 대낮의 밝은 빛이 하늘에 가득해 숲
과 아이들의 얼굴은 환한 초록의 빛으로 물들어 있다.

자연에서의 평화로운 시간

3주간의 긴 여행은 다음과 같이 진행된다. 지도를 보며 장소를 물색한다. 차를 다음 여정의 출발지에 잘 주차시킨 다음 식량과 텐트 등을 실은 카누를 강물에 띄운다. 강줄기를 따라 3~4일간 모험을 떠난다. 며칠 후 주차된 장소로 돌아와 차에 짐과 카누를 싣고 다시 두세 시간의 이동을 시작한다.

스웨덴과 노르웨이의 숲은 거의 대부분이 국립자연공원으로 지정되어 있지만 허

용되는 룰만 잘 따른다면 숲에서 캠핑을 하는 일은 가능하다. 강물은 너무도 맑아 컵으로 떠서 마셔도 좋을 정도이다. 하지만 그 어디에서도 자연이 훼손된 흔적은 발견할 수 없다. 사람들간의 믿음과 약속의 결과이다.

노르웨이 숲에서 만나는 집들은 지붕이 풀로 뒤덮여 있는 경우가 많다. 친환경 건축의 한 모습이다. 숲에서의 시간은 도시에서의 시간과는 사뭇 다르게 흐른다. 햇빛을 머금은 강물을 바라보고 있노라면 온 세상의 근심걱정이 모두 사라지는 것 같다.

늦은 오후, 배를 타고 떠났던 행크가 큼지막한 물고기들을 낚아서 돌아왔다. 누

라와 알리스는 살아 있는 물고기들을 보니 동정심이 일었는지 죽이지 말라고 어른들에게 애원했다. 하지만 그날 저녁 누구보다 맛있게 구운 생선을 먹어치웠다.

다음 날 아침 쿤라드와 행크는 거센 물줄기가 지나는 강으로 서핑을 떠났다. 강가에서는 비버가 만들어놓은 집들을 쉽게 만날 수 있다. 비버가 쌓아놓은 나뭇가지 더미 위에 올라 강을 관찰하면 거센 물줄기들을 멀리까지 짐작할 수 있다.

거센 물줄기를 이리저리 옮겨다니며 카누를 타는 아빠의 모습을 보며 시몬은 아빠가 참 멋지다고 생각했다. 언젠가는 시몬도 아빠처럼 카누를 잘 조종할 수 있는 날이 올 것이다.

아빠와 함께 카누를 타지는 못했지만, 시몬은 숲에서 만난 노르웨이 아저씨에게 순록의 뿔을 선물받았다. 멋진 순록 뿔을 학교 친구들에게 자랑할 생각에 벌써부터 마음이 뿌듯해진다. 시몬은 그날 오랫동안 순록 뿔을 품에 안고 다녔다.

다음 날 아빠들은 큰 아이들인 시몬과 루이자를 카누에 태우고 뢰로스로 떠났다. 유네스코 유산 지역으로 지정된 이곳은 산업화 시대에 나무를 실어 나르던 운반통로가 있는 곳으로 유명하다. 지금은 단지 거센 물줄기가 지나는 좁은 통로에 불과하지만 유럽 산업화 시대에는 통나무들을 운반하던 중요한 설치물이었다. 통로로 흘러내리는 물줄기를 타고 카누로 내려오는 모험은 시몬과 루이자에게는 놀이공원 이상으로 즐겁고 아찔했다.

노르웨이의 숲에는 맛있는 버섯들이 가득하다. 하지만 그중에는 독버섯도 간간히 숨어 있기 때문에 꼼꼼하게 살펴본 후 따야 한다. 생물학자인 두 아빠들 덕에 시몬과 누라, 루이자와 알리스 가족은 여행 내내 맛있는 버섯들을 실컷 먹을 수 있었다. 숲에서 나는 버섯과 과일들, 잎사귀들을 직접 따서 먹어보는 일은 아이들에게 멋진 경험이다.

어른들이 버섯을 요리하는 동안 아이들은 숲에서 얻은 나뭇가지들을 이용해 활과 칼을 만들었다. 그리고 저녁식사를 시작하기 바로 전 어른들은 술래가 되어 아이들을 잡으러 다녔다. 아이들은 팀을 나누어 숨고 솔방울을 어른들에게 던지며 공격을 해왔다. 한바탕 뛰어논 후 땀과 허기에 지친 아이들은 음식을 보자 입맛을 다시며 꿀맛 같은 식사를 했다.

친구들과의 마지막 밤

친구들과 함께한 2주의 시간이 어느새 모두 지나고, 시몬과 누라 가족은 루이자와 알리스 가족과 함께하는 마지막 밤을 숲에서 맞이했다. 누라와 알리스는 단짝 친구와의 마지막 저녁을 강가에서 산책하며 보냈다. 누라와 알리스 사이에 어떠한 대화가 오고 가는지 그 누구도 짐작할 수 없다. 단짝 친구끼리의 소중한 비밀들이기 때문이다.

어른들은 두 대의 카누를 나무 막대기로 단단하게 이었다. 강의 가장 깊은 곳까지 아이들을 배에 싣고 가보기 위해서이다. 강은 항상 고요하지만 거센 바람이 불면 큰 파도가 일어날 수 있다. 또 스칸디나비아의 강물은 유난히도 차가워 한번 빠지면 감기에 걸릴 수도 있다. 하지만 두 대의 카누가 함께 지탱을 하면 배는 훨씬 더 안정된 상태에서 멀리까지 노를 저어 갈 수 있다.

함께하는 마지막 시간은 늘 애틋하고 정겹다. 2주간 함께한 시간들은 너무도 즐거웠다. 서로의 온기로 인해 따뜻했고, 함께 협동했기에 힘들지 않았다. 이제는 가족끼리의 오붓한 시간을 즐길 차례이다.

피오르 탐험

노르웨이는 피오르 해안으로 유명한 곳이다. 빙하가 만들어놓은 아름다운 지형을 따라 항해하면 피오르의 여러 가지 다른 모습들이 시시각각 펼쳐진다. 파란 하늘을 거울처럼 반사시키는 투명하고 얼음처럼 찬 강물, 여름임에도 그대로 남아 있는 하얀 눈 그리고 거대한 산. 시몬과 누라는 피오르의 광활한 자연에 넋을 잃고 말았다.

시몬은 거대한 협곡들을 지나며 바이킹 시대 용맹스러운 전사들의 모습을 상상해본다. 손뉴 피오르를 지나는데 갑자기 바이킹의 동상과 배가 나타났다. 뱃머리는 용의 얼굴

이 조각되어 있는데 신기하게도 우리나라의 거북선과 무척 닮았다. 저렇게 생긴 배를 타고 이곳저곳을 항해하며 여행을 했다니…… 시몬과 누라의 상상력으로는 도무지 이해가 되지 않았다.

바이킹의 배를 응시하던 시몬과 누라가 갑자기 하늘을 가리키며 손을 뻗었다. 하늘 위에는 멋진 구름이 바람을 타고 지나고 있었다. 그런데 구름의 모양이 배 앞에 조각된 용의 머리와 똑같은 것이다. 정말 신기한 일이 아닐 수 없었다. 아이들은 바이킹의 영혼이 구름으로 나타났다고 굳게 믿었다.

MASK

Chapter 8

파티, 파티!

파티에는 항상 웃음소리가 있고 새로운 만남이 있으며 맛있는 음식들이 있다. 그래서 아이들은 파티 전날부터 가슴이 콩닥콩닥 뛰어 밤잠을 설치거나 자면서도 즐거운 파티 꿈을 꾼다. 스칸디나비아 여행을 마치고 벨기에로 돌아온 시몬과 누라 가족은 곧 9월을 맞이했다. 9월은 시몬의 생일이 있는 달이며 쿤라드와 트뤼스의 친구인 웜과 일스의 막내 돌잔치도 있는 달이다. 벨기에의 파티 문화는 어떤지 구경해보자.

아홉 살이 된 시몬

나이를 먹는다는 것이 무슨 의미인지 아직 모르는 아이들은 생일이 그저 즐겁기만 하다. 선물을 받고 친구들과 함께 게임도 하며 맛있는 음식을 먹고 마음껏 웃을 수 있기 때문이다.

오늘의 주인공은 올해 아홉 살이 된 시몬이다. 오늘 시몬은 숫자 9가 적힌 금빛 왕관을 쓰고 친구들과 멋진 하루를 보낼 예정이다. 아빠는 시몬을 위해 초콜릿 케이크와 와플을 만들 계획이고, 엄마는 집 안 곳곳에 알록달록한 색종이로 생일

장식을 했다.

시몬의 반에서 가장 친한 친구들과 시몬을 짝사랑하는 여자아이들 그리고 시몬의 사촌 아르노가 생일파티에 초대되었다. 친구들이 벨을 누르자 시몬이 달려 나왔다. 아이들은 각자 준비한 선물과 함께 생일 축하 키스를 시몬에게 건넨다. 선물을 한 아름 안은 시몬은 가장 큰 박스부터 뜯기 시작했다. 박스 안에는 시몬이 좋아하는 장난감 배가 조종기와 함께 들어 있다. 시몬은 당장 욕실로 올라가 욕조에 물을 받고 장난감 배를 물 위에 띄운다. 아이들도 함께 흥분해 시몬을 우르르 따라간다.

그 사이 아빠는 막 구워 김이 모락모락 나는 초콜릿 케이크를 오븐에서 꺼냈다. 초콜릿 케이크 위에 고운 설탕가루를 뿌리고 초를 아홉 개 꽂았다. 시몬이 2층에서

내려오자 생일 축하 노래와 함께 큼직한 초콜릿 케이크가 시몬을 기다리고 있다. 시몬은 친구들과 아빠 엄마의 축하 노래가 끝나자 소원을 빌고 촛불을 껐다. 무슨 소원을 빌었는지는 비밀이다.

시몬과 친구들은 아빠가 만들어준 맛있는 초콜릿 케이크를 나누어 먹었다. 겉은 바삭하고 케이크 안은 촉촉한 초콜릿이 넘쳐흐른다.

케이크의 뒤를 잇는 음식은 벨기에를 대표하는 와플이다. 갓 구운 와플이 아이들 앞에 놓인 접시 위에 얹어졌다. 시몬은 와플 위에 휘핑크림을 얹기 시작했다. 눌러도 눌러도 계속 나오는 휘핑크림의 유혹을 시몬은 도저히 거부할 수가 없다. 시몬이 끝도 없이 계속해서 크림을 짜내자 아빠가 시몬에게 한마디 한다. "시몬……." 시몬은 이내 멋쩍은 듯 머리를 긁적이고 웃으며 휘핑크림통을 내려놓았다. 아이들은 엄마가 잘라준 수박도 배불리 먹었다.

벨기에의 생일파티에는 약간 색다른 전통이 있다. 주인공인 시몬이 선물을 받지만 생일파티에 참석한 친구들 또한 선물을 받는다. 친구들을 위한 선물은 시몬이 준비해야 하는데 크기가 작은 선물이어야만 한다.

작은 선물을 포장지로 한 겹 싸고, 그 위에 다른 작은 선물과 함께 포장지를 덧댄다. 그리고 그 위에 다시 선물과 포장지를 덧대는데 이렇게 스무 번 정도가 반복되면 선물은 커다란 농구공만 해진다. 포장지로는 주로 신문지를 이용한다.

시몬이 노래를 틀면 아이들은 둥그렇게 마주 보고 앉아 리듬에 맞춰 선물을 옆 친구에게 돌린다. 언뜻 우리나라의 수건돌리기를 연상시키는 이 놀이의 룰은 노래가 끝나는 순간 선물덩이를 든 친구가 포장지를 한 겹 뜯어 그 안에 들어 있는 선물을 하나 가지는 것이다.

노래는 시몬이 틀고 멈추기를 반복하므로 공평하게 선물이 돌아갈 수 있지만 어떤 선물이 누구에게 갈지는 시몬 역시 예상할 수 없다. 운이 좋은 친구들은 세 개 이상의 선물을 받기도 한다. 시몬의 베스트프렌드이자 친절한 사촌 아르노는 모형 비행기를 선물로 받았다.

이날 시몬을 찾은 여자아이들은 서로 친한 친구들이지만 시몬을 동시에 짝사랑하는 라이벌들이기도 하다. 다른 친구들은 시몬에게 예쁘게 보이기 위해 한껏 멋을 내고 왔지만 말괄량이 엘리자베스는 얼굴에 주근깨를 한 가득 그리고 왔다.

아이들은 2층의 욕실과 1층의 마루, 마당을 휩쓸고 다니며 뛰어놀았다. 시몬의 엄마와 아빠는 시몬의 생일을 치르느라 맥이 다 빠진 상태이다. 그러나 마냥 행복해하는 시몬을 보니 다시 기분이 좋아진다.

쿤라드와 트뤼스는 생일파티가 아니더라도 시몬과 누라의 친구들을 자주 집에 초대한다. 아이들이 잦은 파티를 통해 매일매일을 특별하게 여기며 살아가기를 바라기 때문이다. 아주 작은 이유를 찾아서라도, 아니면 아무 이유 없이도 파티를 열어 맛있는 음식을 함께 나누어 먹고 서로 웃고 떠드는 것. 그것이야말로 인생을 살아가는 참 의미이며 참 행복이라고 쿤라드와 트뤼스는 생각한다.

아이들과 어른들이 함께 즐기는 파티,
플라주 브리꼴라주

쿤라드와 트뤼스의 친구인 웜과 일스는 1년 전에 둘째 아이를 출산했다. 아기가 태어나고 1년 동안 엄마와 아빠는 아기를 돌보느라 정신이 없기에 1년이 지난 후 축하파티를 연다. 주인공인 아가는 일찍 꿈나라로 향하므로 엄밀히 말하자면 엄마와 아빠 그리고 친구들을 위한 파티가 되는 셈이다.

윔은 프랑스와 벨기에에서 활동하는 영화배우이다. 윔은 이날 재미있고 독특한 콘셉트의 파티를 기획했다. 친구들이 대부분 학부모인지라 부모와 아이들을 함께 초대한 것이다. 그런데 아이들이 모이면 늘 거대한 놀이공간이 필요한 법. 윔은 특별한 하루를 위해 아티스트들이 모여 사는 플라주 브리꼴라주를 빌렸다.

플라주 브리꼴라주는 프랑스어 플라주, 해변이라는 뜻과 브리꼴라주, DIY공작이라는 뜻을 가진 두 단어이다. 말 그대로라면 공작을 펼치는 해변이라는 뜻으로 해석할 수 있겠다.

이곳은 도시 한복판에 위치한 옛 공장지대를 개조한 곳으로 아티스트들이 모여

ICL
ICL
INTERCO
TRANSPORT & LOG
www.intercon

모래사장과 야외 바를 설치했다. 강한 햇살이 비추는 여름이면 도시의 많은 사람들이 이곳으로 모여든다. 음악과 야외 바, 모래사장 위 맨발의 사람들을 보면 폴라주 브리꼴라주는 영락없는 태평양의 휴양지 섬을 연상시킨다.

디제이 친구의 즐거운 음악이 연주되자 사람들은 모두 신발을 벗어 던지고 모래 위를 거닐며 파티를 즐겼다. 모래사장을 가장 제대로 즐기는 이들은 역시 아이들이다. 모래 위를 뒹굴며 흙을 잔뜩 묻히고 즐겁게 뛰어다닌다. 아이들은 부모들이 보는 앞에서 신나게 뛰어놀고, 어른들은 파티를 즐김과 동시에 자신의 아이들을 관찰할 수 있어 안심이다. 윔과 일스는 음식과 음료를 장만하고 아이들이 뛰어놀 공간

의 안전을 점검해가며 마당의 여기저기에 전구와 깃발을 달았다.

시몬과 누라는 루이자와 알리스 외에도 많은 친구들을 이날 파티에서 만났다. 남자아이들은 플라주 브리꼴라주에 있는 의자와 파라솔 등을 모아 아지트를 만들고 모래 싸움을 시작했다. 여자아이들은 흙장난을 하다가 모래사장 구석에 놓여 있는 작은 배로 몰려들었다. 예전에는 넓은 바다 위에 떠 있었을 작은 배 위에 올라타니 누라와 알리스는 갑자기 자신이 이 세상의 아주 멋진 곳을 항해하고 있다는 착각이 들었다. 아이들은 상상만으로도 충분히 행복해질 수 있다.

큰 소리로 웃으며 쉴 새 없이 뛰어다녀도 아이들은 절대 피곤하지 않다. 어른들

은 샴페인과 맥주를, 아이들은 새로운 장소 탐험 놀이를 즐기는 동안 마당 한편에서는 소시지가 지글지글 맛있게 익어간다. 핫도그를 먹기 위해 사람들이 줄을 선다. 각종 다른 양념의 소시지와 피클, 소스를 얹어 먹는 핫도그는 파티라서 더욱 맛있게 먹을 수 있다.

두 번이나 줄을 서서 핫도그를 먹어치운 누라와 알리스는 세 번째 핫도그를 들고 언제나처럼 둘만의 세상으로 떠난다. 폴라주 브리꼴라주의 이곳저곳을 탐색하다가 아틀리에에 마련된 멋진 앤틱 소파에 걸터앉아 어른들은 알 수 없는 긴 대화를 심각하게 나눈다.

저녁이 되자 어른들이 모래사장 한가운데에 캠프파이어를 설치했다. 주변을 뛰어다니며 공놀이를 하던 누라의 얼굴에 모닥불이 반사되어 발갛게 빛이 난다. 부모들을 따라 집으로 돌아간 아이들도 있지만 시몬과 누라 그리고 몇몇 친구들은 마당 한가운데에 침낭을 펼치고 잠을 잘 것이다. 오늘밤 쿤라드와 트뤼스는 밤새도록 춤을 추며 파티를 즐길 예정이다.

지칠 줄 모르던 아이들은 침낭 속에 파묻히자 곧 새근새근 잠을 자기 시작한다. 여름방학이 끝나기 전 마지막 파티의 밤이 서서히 저물고 있다.

Chapter 9

시몬과 누라의 소셜 라이프

겐트는 벨기에에서 교육의 도시로 유명하다. 더구나 대안학교를 최초로 시도한 유럽의 몇몇 도시 중 하나이기도 하다. 학생들과 학교의 천국인 겐트는 큰 도시는 아니지만 교육적인 측면에서는 항상 진보적인 자세를 추구한다. 게다가 도시에서 누릴 수 있는 편리함과 시골에서 누릴 수 있는 자연이 조화를 이루고 있어 아이들의 삶은 행복으로 충만하다. 개학을 한 시몬과 누라는 바쁜 나날을 보낸다. 어린이로서 펼쳐야 하는 여러 가지 사회활동들이 있기 때문이다.

드봄가르드 만세!

어느덧 벨기에 겐트에 가을이 찾아왔다. 하지만 햇살이 비추는 오후는 아직도 여름 같기만 하다. 가을의 청량한 공기는 벨기에 학생들에게는 긴 여름방학이 끝나고 새 학기가 시작했음을 알리는 신호이다. 아이들은 새 학기를 맞아 문구점에서 새 노트와 볼펜 등 학용품을 구입한다.

학교로 돌아온 시몬과 누라는 선생님과 반 친구들에게 여름 동안 있었던 갖가지 에피소드들을 쏟아냈다. 시몬의 반 친구들은 스칸디나비아 여행에서 가져온 순록의 뿔을 보고 무척 감탄하는 듯하다. 시몬은 노르웨이에서 만난 바이킹 동상과 배 그리고 그 위에 떠 있던 용의 머리를 한 구름의 모양까지 한 보따리의 자랑을 늘어놓았다.

누라는 여름방학 이야기보다는 친구들을 만나는 기쁨에 들떠 있다. 가지런히 머리를 땋고 교실에 도착한 누라는 새 노트와 연필을 책상 위에 펼쳐놓았다. 이제 글 읽기에 돌입한 누라는 이 세상 모든 것들이 글자로 보인다. 무엇이든 읽고 싶고 이해하고 싶은 누라. 누라의 새하얀 노트가 이제 곧 삐뚤빼뚤한 알파벳들로 가득 찰 것이다.

얼마 전 겐트의 모든 대안학교가 설립 25주년을 맞이해 길거리 행진을 했다. 시몬과 누라가 다니는 드봄가르드도 행진을 하는 학교 중 하나이다. 각 학교는 자신들만의 트레이드마크를 가지고 있다. '숲 지킴이'라는 뜻을 가진 드봄가르드 초등학교의 어린이들은 나뭇잎과 꽃으로 장식을 하고 드봄가르드 깃발을 들었다.

'작은 숲'이라는 이름처럼 시몬과 누라의 학교는 실제로 숲에서 여러 가지 수업을 펼친다. 숲에서 행하는 수업을 통해 과학과 자연에 대한 상식을 배워나가고 그로 인해 자연과 숲을 보호하는 위대한 숲 지킴이들을 키워내는 것이 학교의 가장 큰 목표이다.

나뭇잎으로 분장을 한 어린 학생들과 교사들이 학교 교문을 나섰다. 그리고 겐트의 중심가를 비롯하여 골목골목을 누비며 음악에 맞춰 행진을 한다. 시몬과 누라도 행렬에 끼어 자신의 학교 교가를 반 친구들과 함께 불렀다. 길을 지나는 사람들이 이들을 쳐다보며 즐거워한다. 시몬과 누라는 자신의 학교가 자랑스럽다. 행진을 하고 있자니 어딘지 모르게 우쭐해지는 기분이 든다.

가을의 선선한 바람이 시몬과 누라의 얼굴과 팔에 와 닿는다. 새로운 계절을 맞

이하는 일은 시몬과 누라에게는 늘 즐겁고 설레는 일이다. 하지만 즐거웠던 여름을 떠나보내는 일이 아쉬운 것도 사실이다.

대안학교들이 겐트의 한 광장에 모두 모이자 얼터너티브 뮤지션들의 콘서트가 열린다. 아이들은 음악에 맞춰 춤을 추거나 노래를 따라 부른다.

겐트의 대안학교들은 지난 25년간 자유로운 분위기에서 놀이를 통해 학습에 흥미를 불러일으키는 수업을 진행해왔다. 선생님과 학생들 그리고 학부모들 간의 밀접한 교류와 편안한 대화를 바탕으로 학생 개개인의 특성을 존중하는 동시에 단체 생활에서의 협동의식을 가르친다. 이날 드봄가르드의 작은 숲 지킴이 시몬과 누라는 자신들이 드봄가르드의 학생이라는 사실이 매우 기쁘고 자랑스러웠다.

미용실에 가기

시몬과 누라의 소셜 라이프 중 중요한 위치를 차지하는 것이 있다. 바로 미용실에 가는 일이다. 누라는 한동안 머리를 기를 결심을 했지만 시몬은 매달 한 번씩 미용실에서 머리를 자른다.

오늘 시몬은 여름 동안 길어진 머리를 새 학기를 맞이해 새로운 마음으로 다듬기로 결심했다. 누라는 머리를 자르러 가는 오빠를 따라 집을 나섰다. 멋 부리기를 좋아하는 깍쟁이 누라는 미용실에서 머리 자르는 사람들의 모습을 보는 일을 좋아한다. 한참을 쳐다보고는 "앞머리가 너무 긴 거 아니에요?" "머리를 한번 묶어보는 건 어때요? 훨씬 기분이 좋아지는데" 등 갖가지 코멘트를 던진다. 미용실의 손님들은 그런 누라가 사랑스럽기만 하다.

머리를 자르는 데 최종 결정권을 가진 사람은 엄마도 아빠도 아니다. 미용사 아저씨도 아니다. 바로 시몬과 누라이다. 자신의 외모에 대한 책임의식을 가진 시몬과 누라는 그래서인지 미용실에서 보내는 시간을 무척 즐긴다.

누라는 과감한 변신을 시도하는 걸 좋아하는 반면 시몬은 친절한 소년의 모습을 간직하기를 좋아해 그렇게 큰 변화는 원하지 않는다. "너무 길지만 않게, 하지만 너무 짧은 머리도 싫어요. 요즘은 약간 덥수룩한 머리가 유행이거든요."

시몬이 이렇게 미용사 아저씨에게 원하는 헤어스타일을 설명하고 머리를 자르는 동안 누라는 미용실 이곳저곳을 탐험해본다. 각기 다른 의자에도 앉아보고 좋은 향이 나는 헤어 제품들의 뚜껑을 열어 냄새도 맡아본다. 그러고는 아름다운 모델이 된 것처럼 거울을 보며 온갖 우아한 자세를 흉내 내본다.

시몬과 누라가 다니는 미용실은 겐트 시의 작은 골목에 위치한 아담한 미용실이다. 그곳에 가면 옛 이발소의 모습을 연상시키는 가구들과 사진들 그리고 미용도구들을 구경할 수 있다. 이곳에서 시몬과 누라는 VIP 손님이다. 단골집 만들기. 시몬과 누라가 처음으로 배운 사회활동 중 하나이다.

스카우트 활동

시몬과 누라는 스카우트 활동을 통해 단체 활동과 협동심을 배운다. 정형화된 교육
이 아닌 또래의 친구들이 모여 편을 나누어 협동하고 지혜로운 생각을 펼치며 정의
롭게 경쟁도 한다. 시몬과 누라는 1박 2일의 캠프 활동을 자주 떠난다. 친구들과 함
께 잠을 자고 식사를 하며 청소와 설거지, 모험 등 많은 활동을 공동으로 이루어낸
다. 응급상황에서의 대처방법과 숲에서 생활하는 방법 등도 배운다.

　오늘 시몬은 여러 명과 편을 나누어 작전을 짜고 협동하여 상대팀을 제압하는 게

임을 했다. 시몬은 풀밭 위를 빠르게 달려 곤경에 처한 같은 팀원들을 구해낸다. 시몬과 단짝 친구이자 사촌인 아르노도 시몬과 같은 팀이다. 미끄러운 비누거품 위에서 상대팀을 넘어뜨리며 한바탕 까르르 웃는다.

다른 스카우트 대원들이 격한 활동을 벌이는 동안 누라는 친구들과 수다를 떨고 서로의 손등과 팔에 그림을 그려주며 시간을 보낸다.

한낮의 활동이 끝나면 아이들은 저녁식사를 함께한다. 스카우트 교사들이 급식 당번이 되어 음식을 나르고 덜어준다. 아이들은 접시를 하나씩 들고 차례를 기다려 음식을 받고 즐겁게 식사를 한다. 한바탕 뛰어논 후 먹는 음식은 세상에서 제일 맛있다.

저녁식사가 끝나면 아이들은 돌아가며 설거지를 돕는다. 오늘의 당번은 마침 시몬이다. 시몬은 아빠와 엄마를 도와 집안일 하는 것을 좋아하기에 스카우트 캠프

내에서도 설거지를 깔끔하게 잘하기로 유명하다.

저녁식사 후 산책을 하고 아이들은 잠자리에 든다. 네 명이 한 조가 되어 한 방에서 잠을 잔다. 누라는 잠자기 전 언제나 책을 한 페이지씩 읽고 잠이 든다. 각자의 이부자리를 정리하고 짐을 꾸리는 일 등을 스카우트에서 배운 시몬과 누라는 이제 어디든 떠날 수 있을 것 같다. 무엇이든 척척 잘 해내기 때문이다.

시몬과 누라가 스카우트 활동을 떠나면 엄마와 아빠는 함께 외출해 데이트를 하거나 집 안에서 둘만의 오붓한 시간을 행복하게 즐긴다. 다음 날 햇빛에 그을려 집에 돌아온 시몬과 누라는 좀 더 키가 크고 건강해 보인다. 시몬과 누라는 캠프에서 있었던 일들을 엄마 아빠 앞에 잔뜩 쏟아낸다.

시몬과 누라는 아직 어리지만 이미 스스로 결정하고 행동하는 일들이 수두룩하

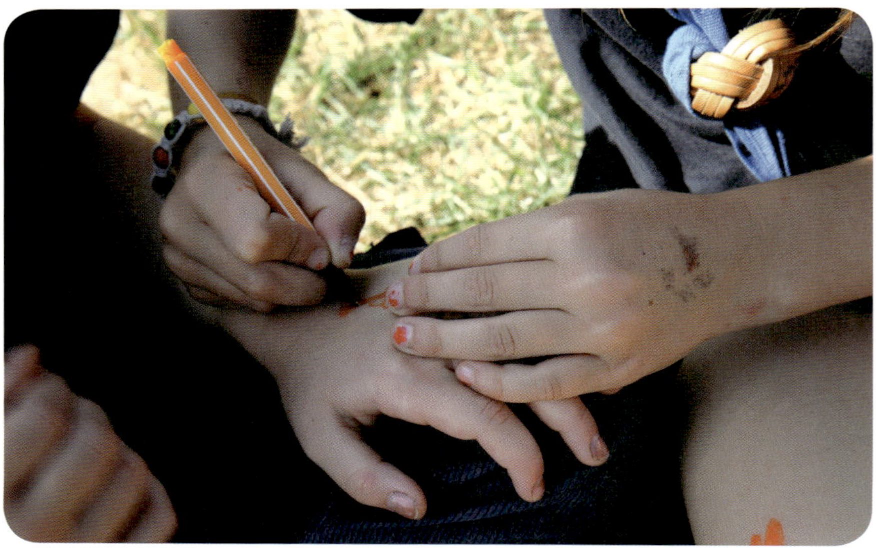

다. 친구들과 함께 모이면 항상 편을 나누어 작전을 짜며 힘든 일을 할 때에도 스스로 자청해서 서로에게 도움을 주려 한다. 학급이나 단체 활동에서 소외를 당하는 아이는 단 한 명도 없다.

아이들은 공손하지만 늘 자신의 의견을 정확하게 표시하고 자신의 경험을 이야기하는 데 주저함이 없다. 자신의 생각을 말하는 것이 자연스럽기 때문에 어떤 때는 시몬과 누라가 어른스러워 보이기도 한다. 하지만 아이들의 이야기를 듣고 있으면 그들 특유의 천진난만한 구석이 느껴져 절로 미소가 지어진다.

아이다움을 잃지 않으며 스스로, 또는 함께 슬기로운 생각들을 짜내고 표현하는 것, 자신의 색을 분명하게 가지고 있지만 주변과 조화를 이루는 것, 다 같이 모여 각자 맡은 역할을 하며 큰 힘을 만들어내는 것이 우리가 아이들에게 가르치고 전해 주어야 할 가장 큰 목표일지도 모른다.

Chapter 10   스튜디오 글로보

아빠와 엄마는 시몬과 누라를 교육하는 데 가장 중요한 역할을 하는 인물들이다. 생물학자인 아빠는 아이들이 자연을 통해 모험과 도전하는 자세를 갖도록 가르치며, 사회복지사인 엄마는 따뜻한 모성애와 열린 사고를 통해 아이들이 어려운 상황에 처한 사람들을 도우며 올바른 인성을 갖고 성장하도록 노력한다.

오늘 시몬과 누라는 엄마의 일터인 스튜디오 글로보를 방문했다. 금요일에 오전 근무만 하는 트뤼스는 오랜만에 시몬과 누라를 일터에 데리고 갔다. 스튜디오 글로보는 시몬과 누라가 특별히 좋아하는 장소이기도 하지만 트뤼스는 엄마가 어떤 세상을 위해 일하는지, 왜 엄마와 같은 생각을 하는 것이 중요한지를 아이들에게 자연스럽게 깨우쳐주고 싶은 마음이다. 그러면 아이들이 컸을 때의 세상은 지금의 세상보다는 조금 더 나아질 것이기 때문이다.

작지만 커다란 세상

스튜디오 글로보는 1986년 벨기에의 여러 도시에 설립된 복지재단이다. 그중 트뤼스가 일하는 겐트의 스튜디오에는 어린이들을 위한 특별한 공간이 마련되어 있다. 세네갈, 인도, 과테말라 등 제3세계의 도시 풍경이 어린이 사이즈에 맞게 설계되어 있어 이곳을 방문하는 어린이들은 자신이 주인공이 되어 색다른 분위기를 즐기며 여행을 하게 된다.

어른들에게 있는 고정관념은 대부분 어린 시절에 형성된다. 세상은 늘 부자인 사람과 나라 위주로 움직이고 낙오되는 많은 사람들은 가난과 불평등 속에서 살아간다. 그리고 그 숫자는 지구인의 대부분을 차지하고 있다.

스튜디오 글로보는 그런 세상의 모습을 아이들에게 친근한 방법으로 소개한다. 세네갈의 구멍가게에서 음식을 직접 팔고 사기도 하고, 과테말라의 커피 농장에서 커피를 운반해 보기도 한다. 세네갈의 이민국에서 미국 비자

Crush
orange
Refréscate
de Limón

를 거절당해보기도 하며 공장에서 구제 의류를 고르는 작업을 해보기도 한다. 그런 체험을 통해 그곳 어린이들의 생활을 몸소 느끼며 유럽 어린이들이 제3세계 어린이들에게 갖고 있는 부정적인 편견을 깨뜨리는 것이다. 그리고 이 불평등하고 복잡한 세상을 바로잡는 건 개발이 뒤처진 나라가 아닌 선진국 사람들의 몫이라는 것을 조용하고 부드러운 방식으로 아이들에게 인식시킨다.

아직 많은 곳을 가보지 못한 어린이들에게 스튜디오 글로보는 다양한 곳을 여행하며 다른 나라의 문화와 생활을 자연스럽게 익힐 수 있게 해준다. 특히 다른 나라의 어린이들이 겪는 일상과 삶의 방식이 어떠한지를 체험을 통해 배울 수 있다. 엄마를 따라 수십 번도 더 와본 시몬과 누라지만 스튜디오 글로보는 언제나 구석구석 신기한 것들로 가득 채워져 있다.

글로보 세상의 시몬과 누라

스튜디오 글로보에서 시몬은 세네갈 소년이 되고 누라는 인도 소녀가 되어보기로 했다. 스튜디오 글로보 여행의 첫 나라는 인도이다. 인도의 멋진 건축물들을 지나고 영화관을 지나 한 가정집을 들어가자 인도 사람들의 생활방식을 한눈에 알 수 있는 물건들이 설치되어 있다. 마치 금방이라도 인도 사람들이 튀어나올 것만 같다. 낡아 보이지만 색색의 조명과 옷감들이 시몬과 누라의 눈길을 끈다.

한쪽 구석에 설치된 쪽문으로 들어서자 아이들만 통과할 수 있는 크기의 좁은 동굴 통로가 나왔다. 그곳을 지나자 작은 문이 마지막에 기다리고 있었다. 문을 열면

시몬과 누라는 냉장고 속으로 들어가게 된다. 그리고 냉장고 문을 통해 어느새 세네갈 재래시장에 도착해 있다. 시장에서 시몬과 누라는 액세서리와 옷, 공예품 들을 파는 상인이 되어본다. 시장의 이곳저곳을 살피며 걷다 보니 길 한편에 커다란 버스가 있다. 버스의 뒷문으로 나가자 이번에는 과테말라가 시몬과 누라를 기다리고 있다.

과테말라에서 시몬과 누라는 커피 농장을 방문하고 가정집과 공장, 미국 대사관을 방문했다. 미국 대사관에는 미국 비자를 기다리는 여러 명의 다른 어린이들이 앉아 있었다. 시몬은 대사관 안내 창구에 앉아 아이들에게 비자 거절이라는 도장이 찍힌 종이를 건넸다.

다른 나라 어린이들이 어떠한 환경에서 살아가는지를 심각하게 인식하기에 시몬과 누라는 아직 어릴 수 있다. 시몬과 누라는 스튜디오 글로보의 모든 설치물들을 그저 만져보고 경험해볼 따름이다. 하지만 어릴 적부터 다른 이들의 삶이 어떠한지를 배우며 이해심을 키우는 경험은 무척 소중하며 중요하다. 그리고 다른 색상과 모양을 한 세계 각국의 나라들을 통해 이 세계에 대한 깊은 매력을 느낄 수 있다.

"엄마, 나는 인도가 참 좋아요. 여자아이들이 예쁘게 화장하고 알록달록한 드레스를 입고 멋지게 춤도 추잖아요? 언젠가는 꼭 인도에 가보고 싶어요." 누라의 말. 그러자 시몬도 한마디 한다. "엄마, 나는 전 세계를 여행하고 전 세계의 어린이들과 친구가 되고 싶어요. 다른 나라 아이들과 만나 게임을 하고 함께 바다에 가서 수영하고 연을 날리면 너무 멋진 기분이 들 것 같아요."

트뤼스는 아이들에게 이렇게 말한다.

"우리가 사는 지구는 매우 넓은 곳이지만 단 하나란다. 그곳을 매우 많은 사람들이 나누어 살아가고 있지. 지구는 우리에게 많은 모험과 멋진 경험들을 선사한단

다. 하지만 그 모든 것을 누리며 그저 당연하다고만 여기면 안 돼. 항상 많은 행운이 우리에게 있음을 감사히 생각해야 해. 그리고 우리보다 행복하지 않은 사람들을 도와야 하지. 다른 나라 아이들이 우리만큼 행복하지 않은 것은 그 아이들의 잘못이 아니거든."

스튜디오 글로보는 어린이들을 위한 세상이다. 어린이들은 여러 나라의 많은 직업들을 경험해보며 여행을 한다. 어른들이 주관하는 세상보다 아이들의 세상은 좀 더 친절하고 따뜻한 듯하다. 시몬과 누라가 어른이 되어 살아갈 세상의 모습을 상상해본다. 그때는 과연 어떠한 문제와 인식들, 분위기가 세상을 지배하고 있을까? 그때쯤이면 보다 많은 어린이들이 행복한 삶을 누릴 수 있을까? 시몬과 누라는 이렇게 대답한다. "그럼요! 우리가 멋지게 만들어줄게요!"

gallo
DELICIA
HELADOS
DELICIOSOS
tigo
MÁS FUERTE
¡LLEVATE LOS DOS!
10 veces
TRAVEL

Chapter 11 가족, 가장 친한 친구

쿤라드와 트뤼스는 평소 많은 대화의 시간을 갖는다. 그중 대부분이 아이들 이야기와 일터에서 있었던 일들과 고민거리에 대해서이다. 또 두 사람은 이 세상이 가진 문제들에 관해 끊임없이 의견을 나눈다. 생물학자인 쿤라드는 항상 과학적인 방식으로 문제에 접근하려 하고, 사회복지사인 트뤼스는 모든 문제들을 사회 인류학적인 시각으로 바라본다. 이렇듯 접근 방식이 서로 다르기에 두 사람은 상대방의 신선한 의견에 더욱 집중한다. 이야기가 너무 재미있어 밤을 새우는 때도 많다.

아이들은 이렇게 서로 다른 엄마와 아빠 사이에서 많은 이야기들과 경험들을 다양하게 누린다. 시몬과 누라는 아빠와 엄마를 정확히 반반씩 닮았다. 어떤 때는 시몬과 누라에게서 아빠와 엄마의 모습들이 불쑥 튀어나오곤 한다. 시몬과 누라는 아빠와 엄마의 거울이다.

가족 시간표

집안에서 아빠 쿤라드와 엄마 트뤼스의 역할 분담은 매우 잘 짜여 있다. 우선 쿤라드와 트뤼스는 매일 아침 아이들을 학교에 보낸 후 출근을 한다. 가까운 거리는 대부분 자전거를 이용한다. 시몬과 누라도 지금 한창 자전거를 배우고 있는 중이다. 자전거는 좋은 스포츠도 되지만 갈수록 심각해지는 공해와 교통체증을 해결하는 슬기로운 교통수단이기 때문이다. 벨기에 사람들은 대부분 자전거를 한 대씩 가지고 있으며 도시 안에서의 이동은 거의 자전거로 대체한다. 그래서인지 살찐 벨기에 사람을 만나는 경우는 극히 드물다.

매주 수요일은 트뤼스가 쉬는 날이다. 수요일마다 그녀는 집 안 청소를 하고 밀린 장을 보고 오후에는 하교한 아이들을 데리고 할머니 집을 방문한다. 조부모와 아이들의 관계도 매우 중요하다고 생각하는 쿤라드와 트뤼스는 아이들이 할머니와 할아버지에 대해 좋은 기억을 간직하며 살기를 바라기 때문이다.

아이들의 숙제를 봐주는 일은 쿤라드의 몫이다. 특히 시몬은 숙제하기를 유난히 싫어하는데 이때 쿤라드가 조목조목 설명을 해주면 금방 숙제의 주제에 대해 흥미를 갖기 시작한다.

막 읽기를 터득한 누라는 아빠가 써주는 단어 하나하나를 매우 신중하게 들여다보며 발음을 해본다. 자신이 글을 읽을 수 있다는 사실이 무척 신기한 누라는 집 안에 흩어져 있는 모든 잡지와 신문, 장바구니 안에 놓인 파스타 포장지들을 찾아다

니며 읽어본다.

"예전엔 그림을 먼저 봤는데 이제는 그림 없이도 모두 이해할 수 있다고요."

누라의 자랑스러운 말이다.

주말이면 쿤라드가 훌륭한 요리를 한다. 일본, 모로코, 태국, 인도 등 다양한 나라의 음식을 맛보며 시몬과 누라는 거의 전 세계를 여행했다고 해도 과언이 아니다. 또 시간이 날 때면 쿤라드는 시몬과 함께 나무 작업을 하기도 한다. 작년에는 시몬과 함께 정원에 놀이터와 오두막을 설계했고 올 여름에는 커다란 침대와 정원용 의자를 만들었다.

트뤼스가 맡는 집안일에서 가장 큰 부분을 차지하는 것은 아이들이 어질러놓은 자리를 정리정돈하는 일이다. 특히 누라가 남기는 흔적은 엄청나다. 잡지를 여기저기 오려놓고 인형집을 만들어놓기도 하고, 과자봉지나 사탕봉지 같은 알록달록한 종이들을 잔뜩 모아놓기도 한다. 엄마가 그것들을 말없이 버리기라도 하면 누라는 잔뜩 화를 내고는 한다.

저녁이 되면 트뤼스는 아이들이 다음 날 입을 옷들을 고르고 쿤라드는 저녁식사를 준비한다. 저녁식사 후 트뤼스는 누라의 머리를 빗겨주고 아이들을 잠옷으로 갈아입힌다. 잠들기 전 아이들에게 책을 읽어주는 일은 하루 일과 중 가장 중요한 순간이다. 아무리 피곤해도 이 시간을 그냥 지나치는 적은 없다. 아이들이 책을 고르면 엄마와 아빠가 번갈아가며 책을 읽어준다.

아이들의 눈꺼풀이 스르르 내려와 쌔근쌔근 잠에 빠지면 쿤라드와 트뤼스는 조용히 방을 나온다. 빨랫감을 세탁기에 넣고, 세탁된 빨래를 건조시키는 일은 트뤼스의 몫이다. 그 다음 마른 세탁물은 쿤라드가 기계처럼 반듯하게 접어 정리한다.

꿈과 삶

+

쿤라드와 트뤼스는 아이들이 새로운 경험들을 충분히 할 수 있도록 능력이 닿는 한계까지 아이들과 함께 많은 여행과 모험을 즐기고자 한다. 자신들과는 다른 모습으로 살아가는 사람들의 생활방식을 되도록 많이 보여주고 느끼게 해주고 싶은 것이다.

한편으로는 점점 각박해지고 살기 힘들어지는 이 세상을 아이들이 어떻게 헤쳐나갈까 상상해보면 걱정스러운 마음이 드는 것도 사실이다. 하지만 아이들이 어려운 역경에서라도 자신들이 진정 원하는 것을 찾고 즐겁게 누리기를 쿤라드와 트뤼스는 간절히 소망한다.

아이들이 이 넓은 세상을 다양하게 경험하기를, 삶을 즐기며 많은 것을 배우고 누리기를, 자연을 사랑하

고 좋은 친구들을 많이 사귀기를, 자유롭지만 늘 예절 바르고 사랑이 넘치는 사람으로 성장하기를 간절히 바란다.

어떤 환경에서라도 잘 적응하고 살아가도록 쿤라드와 트뤼스는 되도록이면 아이들을 여기저기서 재우려 한다. 낯선 여행지, 친구네 집, 숲 속의 텐트 등 어디서든 편안한 마음을 가질 수 있다면 어떠한 환경에서라도 금세 강인해질 수 있을 것이다.

쿤라드와 트뤼스는 아이들이 잘못을 저지를 경우 잘못의 단계에 따라 벌을 준다. 복도에 세워놓거나 마당에 내보낸 후 아이들이 침착하게 자신의 잘못을 인정하면 그때 집 안으로 들어오게 해준다.

벨기에는 어린이에게 구타를 가하는 일이 법적으로 엄격하게 금지되어 있다. 부모라 할지라도 아이들의 종아리를 때린다거나 물리적인 아픔을 가하는 행동은 절대 할 수 없다. 그 대신 아이들이 잘못을 할 경우 어른들과 아이들 사이에 이루어진 구두 약속에 의해 벌이 가해진다. 물리적인 압박으로 겁을 주는 대신 자신의 행동에 대해 스스로 진지하게 생각해보는 기회의 시간을 주는 것이다. 예를 들어 간단한 청소라든가 외출 금지 명령 등이 그것이다. 그러면 아이들은 존중받는 속에서 자신의 잘못을 뉘우칠 수 있다. 그리고 그 뉘우침들이 쌓여 친절하고 온화한 사람으로 자라난다.

카약을 잘 타고 싶어 하는 시몬과 불현듯 친구와 함께 말 농장을 경영하겠다는 누라. 아이들의 꿈은 항상 변화무쌍하지만 변하지 않는 사실 한 가지가 있다. 언제나 자기 안의 사랑을 꾸준히 키워갈 거라는 것. 그렇기에 항상 행복할 거라는 것. 시몬과 누라에게는 그들의 모습을 비추는 거울이 있다. 바로 사랑하는 아빠와 엄마이다.

삶은 아름다운 순간들을
살아가는 것

색다른 삶을 사는 것은 쉬운 일이 아니다. 그리고 누구에게나 허락된 일도 아니다. 그러나 순간순간 자신에게 주어진 상황을 음미하고 누리며 즐거워해볼 수는 있을 것이다. 시몬과 누라 가족이 선택한 삶도 바로 그런 삶이다.

어린 시몬은 아빠와의 시간을 통해 용감해지는 법을 배운다. 아빠는 갓 태어난 시몬을 등에 짊어지고 피레네 산맥을 올랐었다. 시몬은 여러 나라의 희귀한 꽃들을 구경했고 아찔한 절벽에서 밧줄을 타고 강을 건너기도 했다. 늘 등 뒤에 아빠가 있어줬기에 가능한 일이었다.

캠핑을 떠나면 아빠가 불을 지피는 동안 엄마는 아이들과 함께 오솔길을 산책한다. 따뜻한 손을 잡고 아름다운 꽃들과 나무에 열린 열매들을 구경하며 숲 속을

걸으면 누라는 지루하지도 무섭지도 않다. 숲 속에서 히말라야 발삼나무를 발견한 엄마와 아이들은 그 앞에 한참 서서 씨앗주머니를 터뜨려본다. 나무에 주렁주렁 매달린 씨앗주머니들이 손이 살짝 닿자마자 톡 소리를 내며 터진다. 가족은 가장 소중한 친구이며 자연은 시몬과 누라의 가장 훌륭한 놀이터이다.

어느새 늦가을로 접어든 날씨는 시몬과 누라의 코와 손과 발을 차갑고 발갛게 만든다. 하지만 시몬과 누라는 물가에서 해가 지는 줄도 모르고 흙장난을 해댄다. 엄마와 아빠가 티피 텐트를 설치하고 한가운데 난로를 놓았다. 금세 텐트 안에 따뜻한 기운이 감돈다. 더 이상 바랄 게 없는 오붓한 시간이 시작된다.

텐트를 짊어지고 꼭 멀리 떠나지 않아도 좋다. 겐트의 수로에서도 얼마든지 카누를 타고 여행을 할 수 있기 때문이다. 도시에서 즐기는 카누는 자연에서 즐기는 카누와는 또 다른 맛을 지니고 있다. 시몬과 누라가 사는 동네의 모습을 좀 더 다른 시각으로 바라볼 수 있게 해주기 때문이다. 수로를 지나는 다리 밑을 하나씩 통과하면 물가에 펼쳐진 도시의 풍경들은 어느새 다른 모습을 하고 있다.

행복은 큰 것에서 오는 것이 아니라 작은 기쁨들이 모여 큰 행복을 만들어나가는 것. 시몬과 누라 가족이 선택한 행복을 향한 지침서이다.

PRÉSAGE
BENGTA

Chapter 12 겨울방학

3개월이나 되는 긴 여름방학과는 달리 벨기에의 겨울방학은 매우 짧다. 크리스마스 시즌을 전후로 2주간이 전부이다. 시몬과 누라 가족은 이번 겨울방학에 남쪽의 스페인을 지나 북아프리카에 위치한 모로코를 여행하기로 했다. 유럽에 사는 장점 중 하나는 이웃 나라로의 여행이 매우 수월하다는 것이다. 유럽의 작은 나라들이 다닥다닥 붙어 있어 조금만 자신의 나라를 벗어나면 다른 세계의 생활상을 구경할 수 있다. 또 저렴한 항공사들도 많아 경제적인 여행을 즐길 수 있다.

어느덧 차가운 공기에 두꺼운 털모자와 장갑을 꺼내야 하는 겨울. 남쪽으로 내려갈수록 따뜻해지는 날씨와 그에 따라 변화하는 사람들의 생김새를 관찰해보며 시몬과 누라는 또 한 번 새로운 세계를 엿볼 수 있을 것이다.

스페인

따뜻한 겨울을 지낼 줄 알았던 스페인 사람들은 의외로 혹독한 겨울을 맞고 있었다. 피레네 산맥이 있는 북부 스페인에는 눈이 굉장히 많이 내려 교통이 마비될 정도였다. 울퉁불퉁한 지형에 따라 기후가 달라지고 음식이 달라지고 사람들이 사는 집의 지붕과 창문의 모양도 달라진다. 사람들의 옷매무새도 다르고 유머도 다르다. 나무와 동물들의 모습도 다르다. 이 오묘한 자연의 섭리를 시몬과 누라는 어릴 적부터 경험하며 성장해왔다.

시몬과 누라 가족은 함박눈이 내리는 스페인의 겨울을 200배 즐겨보기로 했다. 눈 나리는 피레네 산맥에서 스노보드도 타고 꽁꽁 언 호숫가에서 우리나라 옛날 어린이들처럼 썰매도 타본다. 드라마틱한 하늘과 아찔한 조화를 이루는 스페인의 산악지대는 아이들에게 진정한 겨울을 보여주기에 안성맞춤이다.

또한 산악지대에 펼쳐진 유적지들을 탐험하며 크리스마스를 맞이하기로 했다. 시몬과 누라는 크리스마스에 대한 환상보다는 가족과 한 해의 뜻깊은 시간들을 함께하며 선물을 주고받는다는 것이 더 중요하다는 것을 잘 알고 있다. 시몬과 누라 가족은 스페인의 작은 시골집을 빌렸다. 시골집에서는 하루 종일 크리스마스 캐럴이 울려 퍼진다. 오늘밤 시몬과 누라 가족은 크리스마스 트리를 장식하고 마당에서 불꽃놀이를 벌일 계획이다.

아빠와 엄마는 시몬과 누라가 1년 내내 꿈에 그리던 장난감들을 선물로 준비했다. 문구점이나 백화점에 가면 아이들은 이것저것 모두 사달라고 조르고 뜻대로 되

지 않으면 엉엉 울어버릴 때도 있다. 하지만 엄마 트뤼스는 아이들에게 장난감 사주는 일에 그리 후한 편은 아니다. 우선 장난감 총은 절대 안 된다. 그리고 비디오 게임도 매우 제한되어 있다. 자기가 갖고 싶은 것이라고 해서 뭐든지 다 가질 수 있는 것은 아님을 아이들에게 인식시키려 하는 것이다. 또 많은 장난감들을 엄마와 아빠가 직접 만들어주기도 한다.

아이들은 아빠와 엄마를 위해 크리스마스 카드를 만들었다. 큰 도화지를 반으로 접어 겉에는 온 가족이 함께 있는 그림을 그리고, 안에는 시몬과 누라가 아빠와 엄마와 함께 있어 얼마나 행복한지 그리고 아빠와 엄마의 다음 1년 동안의 사랑과 행복을 빌어주는 내용이 적혀 있다. 카드의 그림은 누라가 그리고 카드 안의 글은 시몬이 썼다. 아이들의 크리스마스 카드를 받은 엄마 트뤼스의 마음에 커다란 감동이 밀려온다.

모로코

스페인에서 크리스마스를 보낸 시몬과 누라 가족은 이튿날 차에 짐을 싣고 다시 남쪽으로 향했다. 스페인의 남부를 지나 모로코에 도착하면 그곳의 따뜻한 해변에서 보디보드를 즐기고 새해를 맞이할 계획이다. 차를 타고 지나는 남부 스페인의 풍경들은 무척 아름답다.

조금은 건조한 기후와 화창한 날씨가 이어지더니 어느새 시몬과 누라 가족을 태

운 자동차는 아프리카 대륙에 도착했다. 모로코는 남부 스페인보다 더욱 따뜻하고 건조하다. 차를 타고 한참을 지나다 보면 사방은 온통 모래사막뿐이다. 시몬은 바다 크기만큼 펼쳐진 사막을 바라보며 이 세상이 참 넓고 멋지다고 생각했다.

집에서 점점 멀어질수록 사람들의 말하는 방법도 달라진다. 아직 외국어의 개념이 확실치 않은 누라는 왜 다른 나라 사람들이 자신의 언어로 이야기하지 않는지 도무지 이해할 수가 없다. 하지만 어느 순간이 오면 자연스럽게 이해할 수 있을 것이다.

아직 아이들은 가난을 크게 인식하지 못하는 듯하다. 가난한 장면도 그저 다른

모습들이려니 하고 생각할 뿐이다. 마음껏 달릴 수 있고 발견할 것이 많은 새로운 장소라면 아이들은 그곳이 외국이든 어디든 간에 늘 편안하고 행복하다. 언제까지 그런 가벼운 마음을 간직할 수 있을까?

모로코에 도착한 시몬과 누라. 시몬은 모로코의 기이한 지형에, 누라는 골목골목 걸린 알록달록한 색으로 염색한 옷감들에 그리고 쿤라드와 트뤼스는 따사로운 햇살에 마음이 즐거워진다.

12월이지만 따뜻한 날씨 덕에 시몬은 아빠와 함께 바닷가에서 보디보드를 즐길 것이다. 누라는 바닷가의 고운 모래사장을 엄마와 함께 거닐다가 수많은 모로코 타

السوق الم
IPAL DE TAPIS
ENCHÈRES
OF CARPET
LAS ALFOMB

일 조각들을 발견하고는 값진 보물인 양 소중히 품에 안는다. 값진 보물은 따로 있는 게 아니라 아무것도 아닌 것에 특별한 의미를 부여하고 소중히 여기면 바로 그게 값진 것이 되는 건지도 모르겠다. 어른들이 보기에는 하찮은 많은 것들이 아이들의 시각에서는 언제나 새롭고 신기한 보물이 되니 말이다.

맛있는 과일과 신기한 동물들, 커다란 빵이 많은 나라. 시몬과 누라에게 모로코는 알라딘의 마술램프 같은 인상을 심어주었다. 사막의 낙타들과 당나귀를 타보는 일도 너무나 멋진 경험이었다. 책에서만 보아오던 동물들을 실제로 만지고 등 위에 올라타는 기분은 그 어떤 것과도 비교할 수 없을 것이다. 하지만 야생에서 살아야 할 동물들이 자유를 잃고 혼잡한 인간의 세상에 붙잡혀 있는 것이 시몬의 눈에는 안쓰러워 보였다.

커다란 바위 위에 새겨진 선사시대의 그림들을 발견한 시몬과 누라는 한동안 그 주변을 이리저리 산책했다. 사실 선사시대의 그림들은 시몬과 누라가 집에서 그리는 그림들과 그다지 다르지 않은 것 같다. 시몬과 누라는 그 그림들이 자신과 같은 어린이들이 그린 그림일 것이라고 추측했다.

시장 안에서 신기한 물건들을 파는 상인들, 즐거운 리듬에 맞춰 음악을 연주하는 사람들 그리고 그 안에서 또다시 만나는 신기한 동물들……. 쿤라드는 시장 안에서 음악에 맞춰 춤을 추던 코브라_{독을 제거한 뱀이었다}를 아이들의 어깨에 살짝 얹어주었다. 겁을 내는 시몬과는 달리 누라는 매우 편안하고 즐거운 표정을 짓는다. 누라는 그 날 시장에서 코브라 나무 조각품을 사서 하루 종일 들고 다녔다.

모로코의 날씨가 따뜻하다 보니 오늘이 올해의 마지막 날이라는 것을 시몬과 누라는 까마득히 잊고 있었다.

정말로 즐거운 한 해를 보낸 것 같다. 많은 이야기들과 모험들, 우정이 함께했던 시간이었다. 이 모든 것들을 다 기억할 수 있다면 얼마나 좋을까? 그중에는 시간이 흐를수록 점점 희미해져 영영 잊어버리는 기억들도 있겠지? 다음 해에는 어떤 만남과 에피소드들이 시몬과 누라를 기다리고 있을까? 내년 이맘때쯤 시몬과 누라는 또 어떤 모습을 하고 있을까?

내일이면 다시 벨기에로 돌아가는 긴 여정을 시작해야 할 것이다. 벨기에에 도착하면 새해 첫 주의 시작이다. 많은 생각을 하게 만드는 한 해의 마지막 날 저녁이다. 시몬과 누라의 머리 위, 마라케시의 하늘 위로 별들이 반짝인다.

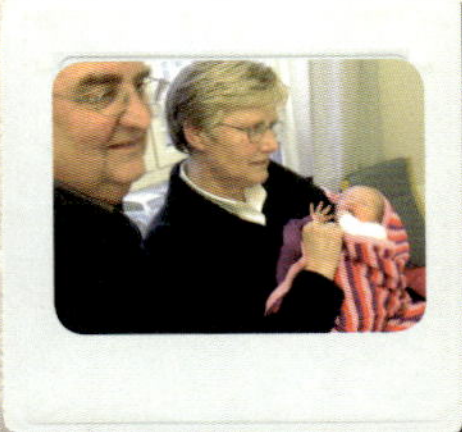

Ik wens dat dood zijn niet meer bestaat. -Nura
나는 그저 이 세상에서 죽는다는 것이 사라졌으면 좋겠어요. -누라의 메시지

espérit
PRÉSAGE

UPP
SPINNEN
WOR
REVERS

SUPERWERELD MOE
WERELD
STOP
THE
FREE WAR

글 | 지은경 Eunkyung Ji

유럽과 한국을 오가며 디자이너, 아티스트들과 함께 작업해온 전시 기획자이자 프리랜서 기자이다. 세계 여러 곳들을 여행하며 만난 독특하고 흥미로운 문화와 다양한 사람들의 라이프 스토리를 국내외 잡지 등에 소개해왔다. 인터뷰를 위해 여행한 벨기에에서 우연한 기회에 시몬과 누라 가족을 만나 그들의 행복하고 생동감 넘치는 삶을 1년간 관찰하고 기록하게 되었다.

사진 | 세바스티안 슈티제 Sebastian Schutyser

벨기에의 순수 예술 사진작가로 아프리카 콩고에서 유년시절을 보냈다. 아프리카 전 지역을 여행하며 흙집 이슬람 사원과 대자연, 인류 문화유산의 아름다움을 뷰파인더 안에 담아 2000년 유네스코상을 수상했다. 또한 쿤라드와 트뤼스의 친구이자 시몬과 누라에겐 세계를 무대로 활동하는 멋진 모험가 삼촌이다.

행복한 아이들
시몬과 누라처럼 The Fabulous Life of Simon & Nura

초판 1쇄 인쇄 2012년 2월 25일　**초판 1쇄 발행** 2012년 3월 5일
글 지은경　**사진** 세바스티안 슈티제　**펴낸이** 연준혁

편집1팀
편집 최유연　**디자인** 차기윤　**제작** 이재승

펴낸곳 (주)위즈덤하우스　**출판등록** 2000년 5월 23일 제13-1071호
주소 (410-380) 경기도 고양시 일산동구 장항동 846번지 센트럴프라자 6층
전화 (031)936-4000　**팩스** (031)903-3891　**홈페이지** www.wisdomhouse.co.kr
종이 월드페이퍼　**인쇄** 현문　**제본** 신안제책사　**후가공** 이지앤비

© 지은경·세바스티안 슈티제, 2012　ISBN 978-89-5913-674-2 03810　값 15,000원

*잘못된 책은 바꿔드립니다.

*이 책의 전부 또는 일부 내용을 재사용하려면 반드시 사전에 저작권자와 (주)위즈덤하우스의 동의를 받아야 합니다.

국립중앙도서관 출판시도서목록(CIP)
행복한 아이들 시몬과 누라처럼 = (The) fabulous life of Simon &
Nura / 글: 지은경 ; 사진 세바스티안 슈티제
― 고양 : 위즈덤하우스, 2012　p.: cm

ISBN 978-89-5913-674-2 03810 : ₩15000

818-KDC5
895.785-DDC21　　　　　　　CIP2012000704